NEW 新版

特别狠心特别爱 2

赢在家风

TEBIE HENXIN TEBIE AI 2 YING ZAI JIAFENG

沙拉 著

接力出版社
Jieli Publishing House

图书在版编目（CIP）数据

特别狠心特别爱 .2，赢在家风：新版 / 沙拉著 .—2 版 .—南宁：接力出版社，2018.4
ISBN 978-7-5448-5458-0

Ⅰ . ①特… Ⅱ . ①沙… Ⅲ . ①纪实文学－中国－当代 Ⅳ . ① I25

中国版本图书馆 CIP 数据核字（2018）第 044657 号

责任编辑：楚亚男　　特约编辑：刘玉梅　　美术编辑：严　冬　许继云
责任校对：刘会乔　　责任监印：刘　冬
社长：黄　俭　　总编辑：白　冰
出版发行：接力出版社　　社址：广西南宁市园湖南路 9 号　　邮编：530022
电话：010-65546561（发行部）　　传真：010-65545210（发行部）
http://www.jielibj.com　　E-mail: jieli@jielibook.com
经销：新华书店　　印制：唐山嘉德印刷有限公司
开本：710 毫米 ×1000 毫米　1/16　　印张：15.75　　字数：210 千字
版次：2015 年 1 月第 1 版　2018 年 4 月第 2 版　　印次：2023 年 7 月第 23 次印刷
印数：325 001—340 000 册　　定价：49.00 元

时任以色列总理拉宾
亲切接见沙拉

《鲁豫有约》报道沙拉的传奇育儿经：
想当“富翁的妈妈”

目　录

新版序

首先，我要感谢广大读者对我这两本书的厚爱，当年我做梦都没有想过我竟然会写出《特别狠心特别爱》这样长销近10年的畅销书，而这就是人生的惊奇点：无心插柳柳成荫！要打开心扉分享家庭私事，对任何人而言都是一件很艰难的事。但是由于接力出版社的真心诚意，我被打动了，进而完成了这两本书。书出版后立即受到广大读者的欢迎，这是出乎我意料的。

我之所以说服自己把我教养孩子的艰难之路写出来，最终目的是想告诉广大父母：无论你花多么大的力气去推动你的孩子，首先你要明白自己的动机。如果父母的动机不那么纯洁，那么孩子也不可能有纯洁的灵魂。教育的目的，是要我们的孩子有更好的价值观、人生观及世界观，是要让孩子得到一定的锻炼，这是我当初带孩子去以色列的初衷，也是写这本书的初衷。

很多读者告诉我，他们特别喜欢这本书的书名《特别狠心特别爱》——非常独特又一语中的。这个书名，其实源于我做客电视节目《鲁豫有约》时的一次访谈。

访谈中，鲁豫问我的孩子们："你们的妈妈是不是一个特别厉害、对待子女有时有点狠心的人？"孩子们的回答却是："我们的妈妈是个很善良的人。”这个回答让我也有些出乎意料。访谈后我也问了孩子们，他们没有认为我是一个狠心的妈妈。这给了我一个非常大的心理反差，因为，我必须承认，我确实是个严厉的母亲，有可能在别人的眼中还是一个特别狠心的妈妈。而事实上，这是“爱之深，责之切”的结果，因为我特别爱我的孩子们，所以孩子们并没有感觉到我特别狠心。我真的很感激我的孩子们，他们伴随我度过了曲折的13年移民生涯，聪明的他们忘记了苦水，体察到我深深的母爱——看似特别狠心，实则是深深的爱。

值此再版之际，我要再次感谢接力出版社为我精心设计的封面。当我第一次看到这个封面的时候，自己都被感动了。因为封面上那个女人并不漂亮，而是一个睿智、真实的母亲，她不妩媚，不矫情，很真诚，很踏实。相信大家和我一样，会更加理解这个母亲传达的很厚重的感情与睿智——特别狠心特别爱！

因为书的畅销，《特别狠心特别爱》的电影也已排上日程，我感到自己身上多了一份责任与担当。迄今为止，这两本书已发行近百万册，阅读过的人应超过百万人。此外，加上听过我讲课、广播节目以及看过我电视节目的人，那可能有几百万甚至上千万……一想到我的言谈思想会影响这么多人，我感到自己肩负的社会责任巨大，这让我对自己的成长更有期许，这样才不会辜负我的读者们。

新版《特别狠心特别爱》《特别狠心特别爱2：赢在家风》将更加精致，也更贴近家长们的需求。它能帮助家长学习怎么和孩子交流，找到解决问题的方法。它会是许多重视家庭教育者的引路人，为迷惘的家长点上一盏前行的灯，传递着乐观、坚强和耐心。

我们当前的教育，不是“寒门难出贵子”，而是“穷家富养出败儿”，这是我想告诫家长们的一句心里话。世界上没有一件事情、没有一条路是走不通的。走的人多了，那就是路了。中国孩子、犹太孩子，乃至全世界的孩子，都可能会发生问题，但问题不重要，重要的是目标。家长要教孩子设立目标，让自己和孩子有一个奋斗前行的依据；家长要教孩子怎么样战胜小我，才能有大我的格局。

今年，我将完成我的最新作品《特别狠心特别爱：父爱是一种智慧》，与大家分享我的犹太老父亲影响我一生的家教智慧，希望大家关注。语言是有温度的，希望有生之年还有更多的机会在电视上、在各种场合给大家讲课，与大家分享家教智慧与人生智慧。真心感谢接力出版社，感谢所有阅读过本书和将要阅读本书的读者，也谢谢你们的支持与传播！

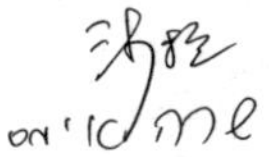

序　爱本身就是一种教育

我曾经也是一个典型的中国妈妈，把三个孩子照顾得无微不至，辛辛苦苦想成为一个“一百分母亲”。孩子们当时只有一件事，那就是学习，不用洗碗，不用洗衣服，不用做饭，不用叠被子，我就是他们的“洗碗机”“洗衣机”“电饭煲”“清障机”。我曾经为自己的能干骄傲，一个人带三个孩子维持一个家，孩子们跟其他正常家庭的孩子一样，不需要为家里担心。直到移民到以色列，邻居大婶的一句话点醒了我，她看到我事事为孩子包办，毫不客气地跟我说：“不要把你那种不科学的母爱带到以色列来，别以为生了孩子你就是母亲。天下父母没有不爱孩子的，但是，爱孩子要有分寸、有原则、有方法！”邻居大婶这句看似无情的话点醒了我，促使我去思考中国母亲与以色列母亲对孩子的爱有什么不同，促使我去寻找爱子秘籍，寻找正确的、科学的教子方法。

在《特别狠心特别爱》中，我重点提到了我对孩子的“狠心”，在家实行有偿教育机制，对孩子实施延迟满足，退后一步，不做管家做军师，让孩子们自己冲锋陷阵。

我是真的对孩子狠心吗？不是的！天下哪有不爱孩子的母亲！只是这份爱更理智、更科学。在这里我要告诉所有的父母：**其实爱本身就是教育，就看我们的父母如何去爱。**

中国人爱就是爱，教育就是教育，两者是分开的，而且容易走极端。爱的时候恨不得把整个世界搬到孩子面前，对孩子千依百顺，甚至超前、超量满足，以显示自己对孩子的爱。教育起来的时候又肆意打骂，美其名曰是为孩子好才严格要求，实则是家长没有自我学习、自我提升，没有找到教育孩子的真正方法，以简单粗暴的打骂代替教育，这样的"严厉"不仅不能教育出优秀的孩子，还将对孩子的内心造成极大的伤害。很多家长问我："我对孩子不缺乏爱，教育起来也非常严格，毫不留情，为什么孩子还是不听话呢？"我义正词严地告诉他们："问题就在于你的方法不对，爱和教育两者是不应该分开的，我们应该在爱中教育孩子，同时要教会孩子如何爱。况且，我们教育孩子的目的不是培养一个听话的孩子，而是培养一个有独立人格、有自主生活能力而且内心充满爱的孩子。"每个父母都爱孩子，但爱孩子并不简单，只凭一腔热爱是远远不够的，还要掌握科学的理念。如果教育理念和方法不得当，就会适得其反。爱而有教，是一种智慧的考验。通过了考验，才有资格说：我爱孩子，爱得不肤浅。

在家庭教育中，爱孩子是教育孩子的前提和基础，没有父母之爱的孩子，往往是有人格缺陷的。但是父母一味溺爱的孩子，往往没有独立生活的能力。如何爱孩子，是一门学问，父母要学会如何在爱中教育孩子，要更科学地、更理智地、更有智慧地去爱孩子，给孩子高质量的爱，在爱中春风化雨般地滋润、感化、教育我们的孩子。

犹太人在孩子的教育问题上，信奉"爱本身就是教育"，在严格对待孩子的同时，也让孩子切实体会到父母之爱，两者都是生活中很平常、自然的举动。而中国父母则经常把爱和教育分开，可能是因为中国人一直以来较为含蓄，不善于在平淡的日常生活中把爱看作一种自然而然的存在，认为爱是一件惊天动地的事情，必须严肃对待。于是对孩子溺爱有加，捧在手心怕掉，含在嘴里怕化，把孩子放在家里第一重要的位置，这样的做法无疑会培养出一个自私自大的孩子，等家长意识到问题的时候，又如临大敌开始教育孩子，这时往往是全家总动员，家里气氛剑拔弩张，像审犯人而不是教育孩子。这样的双重标准往往会让孩子心里迷茫，不知道哪一个才是父母的真实面目。

富有智慧的父母要学会把握“爱”这个天底下最有利的“武器”，温柔地教育我们的孩子，让孩子在爱中健康地成长。

爱是分两层的，一层是用嘴巴说的，一层是做出来的。当爱本身就是教育的时候，如果放在社会，今天我们说“孩子们，我爱你们”，那么你就必须要有行动，而不是让爱停留在口头上，空洞无物。譬如你是一个非常有钱的人，那你应该给那些需要继续学习但是又没有一些必要工具的人一些资助，这既是你爱的一种体现，也让孩子在你的行为中学会如何爱别人，这是我在这里讲“爱本身就是一种教育”的重要原因。

现在的孩子被爱太多，已经不大懂得怎样爱别人，当爱本身就是教育的时候，教育的主题就明确了：怎样教育我们的孩子去爱别人？现在社会上做慈善的人越来越多，很多家长也带着孩子一起去做慈善，但是慈善有没有做到心里去呢？是不是只停留在表面上？比如说妈妈捐了一百块钱，同时也让孩子捐一百块钱，这是爱吗？我想更准确地说，这是一份同情，这是爱的开始。同情心是爱的开始。但是如果在以色列，如果要把爱的教育做深的话，是从看书开始的。让小朋友相互之间用书本上的爱彼此传递正能量。比如说我看了这本书，书里是怎么去爱的，让小朋友自己讨论效仿。比如我们中国有个孔融让梨的故事，这也是爱。孔融以把大的梨让给别人的方式去表达自己的爱。

爱本身是一种教育，爱是传播者。爱不是一个单纯的字，爱是一种行动，一种行为。爱就像一朵花，种在哪里，哪里就会开花，然后结果。结果以后再种下去，又会开花结果，延续下去，这个世界就会开满爱的花朵。

我们要教会我们的孩子爱。这个教育来自书本，也来自父母的言行。

比如一个同学生病了，小朋友去看望他。这个时候如果父母说“他一点小病，你功课那么忙，就不要去看他了，谁都会生病的”，那就是爱的反面教材。

我们家孩子的同学如果生病，我会鼓励他们写张卡片、打个电话或者上门看望，表达自己的关心，这些都是爱的传播。

爱像一朵花，没有哪个小朋友是不喜欢花的，再调皮的孩子也会喜欢花。

我认为教育应该是花，爱的教育是花，它传播人情，传播人世间最美的东西。怎样把我们的孩子培养成一个有爱心、有品格的人，是从教育开始的。因此家长不要把教育完全停留在分数上，爱是多方面的，多元化的。

我楼下的邻居，一个十来岁的小男孩，每次在电梯里遇到我推着自行车，他都会先出去，然后用手挡住电梯门，让我出去。等我出去，他又快速跑到单元门处，把门打开等我出去，再跟我说“阿婆再见”。当然，他的父母也都是受过高等教育、有教养的人。

我在电梯里贴了一张纸，提醒大家不要在电梯里面吸烟，一直没有人撕掉，如果在其他单元的电梯，早被人撕掉了。我们这个单元一共有三家孩子，都是好孩子，他们不会随便撕别人家的以及公共场所的告示。因为我们这个单元的父母经常会拿我们家来做榜样，拿我的孩子来做榜样，拿我的教育方式来教育他们的孩子。

有一天，我碰到经常帮我开门的那个小男孩的父母，我把这件事跟他们说了，然后称赞他们的孩子懂事有爱心。他妈妈回答：“是啊，你不是说嘛，你们家孩子上楼梯时，如果有人在那里说话，孩子不会穿过去，这是一种教养。我也是这么教育我的孩子的，所以孩子看见你非常尊重。”这件事情给我一个启发：爱其实就蕴含在教育中！出于对孩子的爱，你就会去教育他，教育他爱别人、帮助别人、关心别人、爱护别人。

所以爱并不需要一个特定的环境——天塌下来了，来个大爱，把你从死神手里拖出来。爱其实无处不在。那个帮我开门的小男孩，以一种非常实际的行为在表达爱。他父母一而再，再而三地跟我说：“沙拉老师，你给了我们很多教育的启迪，我们很感谢你。”

这就是我说的，爱本身就是一种教育。

爱不需要大张旗鼓，爱不需要惊天动地。你一定可以循序以教育的方式把爱传播下去。很简单而且很迅速。不是说一定要捐了一百块钱才是爱，也不是说你要做什么惊天动地的事情来表达爱。**举手之劳就是爱。**

我们现在不太愿意做举手之劳的事情，以前若是看见谁的自行车倒下，都会随手扶起来，但是现在大部分人不愿意做这种举手之劳的事情，我们现在已经到了地上有五毛钱都不愿意弯腰去捡的地步。而我每次就算在路上看见一毛钱，也会蹲下去捡。有次阿姨在旁边看到，说："太太，这个钱这么脏。"但我情愿拿出一张纸巾把这一毛钱包起来，也要把这一毛钱捡起来。我认为这是一种美德，一毛钱也许在现在这个社会什么都买不到，但是这个钱掉在地上，每个人都从上面踩过，我觉得是对这个钱币的不尊重不敬畏。这一毛钱对我来说微不足道，但是我看到一定会捡起来，这是对财富的尊重，也是一种美德。中国人说"勿以恶小而为之，勿以善小而不为"，举手之劳的善举也是美德。

我经常会在马路上遇到乞丐，特别是那种蓬头垢面、看起来精神不是很正常的，我会丢下很多钱，我会十块十块地数几张给他们。碰到要饭的人，更多的时候我会跟旁边的饭店老板说："老板，我给你十顿饭的钱，你给他吃十顿饭，只要他在这儿，到吃午饭的时候你就给他吃。"我跟要饭的人说："我已经给你付了十顿饭的饭钱，这十天的午餐你就在那里吃吧。你现在饿吗？"他回答饿，我带他到那个饭店，他也没进店里，等老板打包出来给他吃。对那些饿了需要吃饭的人，我是把自己的钱换作粮食给他们吃的，因此地上的每一分钱我都会捡起来。这种小的行为对孩子来说也是爱的教育，爱不仅仅是指爱某个人，爱是一个大的概念，对大自然的爱护是爱，对需要帮助的人伸出援助之手是爱，像我这样对微不足道的一分钱的尊重也是一种爱。日常生活的一举一动都可以化作爱的教育，希望我们的父母时刻注意自己的言行，把握一切机会，在孩子的心里撒播爱的种子。

在这里我要说，一个在爱中成长、懂得爱的孩子将来才能成为一个幸福的人、一个对社会有用的人，而爱，是需要家庭和父母来浇灌的。

孩子的成长，家庭教育起着至关重要的作用。我的三个孩子能够成功，是因为我给了他们非常好的家庭教育，我不是教他们要好好学习，我也不要求他们考满分，我培养他们的生存能力，更重要的是我注重他们的品德培养，我坚信只有有道德的人才能长久立于不败之地。在这里，我要奉劝我们的父母不要一味地盯着眼前的利益，斤斤计较眼前的得失，中国古话说得好："父母之爱子，则为之计深远。"犹太人的家庭教育也注重孩子的未来发展，注重美德培养，不会只看眼前，所以犹太人的孩子长大后适应能力强，很少出现"啃老族"。

在此，我要呼吁我们的父母，不要因为忙而忽视了对孩子的教育，把孩子丢给学校，如果没有好的家庭教育，再名牌的学校、再负责任的老师也没法把你的孩子教育好。原生态的家庭教育是基础，基础没有打好，就不会有稳固的人生。

另外，千万不要用金钱来弥补你亏欠孩子的时间，在孩子小的时候多花时间陪伴和教育，等孩子大了父母才能够省心。我这里说的教育不单单指成绩，而是更大的概念，比如生活的教育，做人的教育，品德的教育，都是为了让孩子将来能适应这个社会，能获得尊重和信任，更能体会到幸福。

一、好家风源自好父母

成人比成才更重要

每次出去演讲、讲课，总会有一些家长围着我问："沙拉老师，你是怎样把你的三个孩子培养得这么有出息的？"

其实，我最自豪的不是三个孩子有出息，成为富翁，而是他们孝顺、善良、有修养，没有因为有点钱就为所欲为。

我一直很自豪地跟大家说，我给了孩子们三把钥匙——坚强、自信和宽容，他们每个人都回馈给我一把钥匙：大儿子送给我一把轿车钥匙，二儿子送给我一把房子钥匙，女儿也承诺会给我一把钥匙——一个保险柜的钥匙，里面装满珠宝首饰。

不仅是对我，对于其他需要帮助的人，我的孩子们也会尽自己所能去帮助。他们工作忙，没有时间，但是每个月都会拿钱出来给我去做慈善。

我在这里可以负责任地说，我们家孩子对社会的贡献主要源自家庭的教育。**我从小注重孩子的美德培养，给他们真善美的教育，所以**

沙拉和大儿子以华

我的三个孩子不管多么成功，都保持着一颗善良、乐于助人的心。

我的大儿子以华当时分在劳工部工作。他是以色列第一个华人公务员，对海外华人倾注了非常多的关心、爱心和热心，帮助在以色列的华人劳工。

劳工部总会抓一些逾期不归的非法劳工,也有不少华人。为了生存，他们通常也会做些惨烈的举动。如果突然有劳工部的来查，有些在餐馆做事的劳工就冲进厨房，用刀砍自己的手；有些劳工会跳楼把手脚摔断；在工地上干活的劳工，因为没法躲没处跑，会直接拿起钢条砸自己的头。因为受伤了就不能马上遣送，然后他们会在去医院的途中逃走。

这些劳工都背着非常沉重的精神负担和经济压力，在生死线上挣扎。因为他们都是花了大量的钱通过中介出来的，如果被抓，前期投下去的钱赚不回来，怎么还钱呢？

儿子看了这种情况，觉得很心酸，但是我们也无力改变。他就尽自己所能，在不违反法律和职责的情况下帮助那些人。在保证自己不犯罪的情况下，儿子每次都走在最前面，因为华人都知道他，一看他来了大家就跑。以华这样做，是为了尽量减少被抓的人数，让没有工作签证的劳工尽量脱身。

当然也会有一些劳工被抓，被抓之后就要被遣送回国。劳工在做工的时候，老板都会压一个月的工资不发，还有一些零碎的钱，老板一见工人被抓，就会耍无赖，不想结算工资。有些劳工两个月都没拿过工资，要等工地的活全部完成以后老板才会结算工资。如果下个月结算工资，但是这个月就被抓了，那么老板是不会给钱的。儿子一直在大使馆、劳工部、老板之间周旋，希望通过自己的力量帮这些劳工们把应得的工资要回来。这些都不是他分内的事情，但作为一个海外华人，加上受家庭教育的影响，他总是能出手时就出手，帮了很多华人，得到了很多感谢。

还有劳工们的护照都在老板那里压着，老板不肯把护照拿出来，因为每拿出一本护照，老板就要被罚款，这是一个很纠结的恶性循环，但儿子硬是从中设定了一个制度，要求华人的工资一分也不能少。每次他都把华人劳工的工资完全要回来，让他们安心返回。

劳工们被抓以后到时间就要被遣送返回，但是老板还没给工资，遇到这种情况，儿子就会想尽一切办法推迟遣送时间，同时加快速度跟老板要钱，给华人劳工一个心理上的安慰，并帮他们把经济上的损失降到最低。

以华的努力和贡献，不仅让很多华人劳工非常感动，就连中国驻以色列大使馆以及得到过他帮助的中国人，也常给他寄贺卡表示感谢和祝福。

其实，帮助那些人并不在以华的工作范围内，他这样做也不是为了得到大使馆的嘉奖，他跟我说："看到那些劳工用生命在赚钱却还经常被老板欺诈，我心里很难过。妈妈一直告诉我们要尽自己所能帮助他人，我们家之前生活那么辛苦，妈妈看到比我们困难的人还是会想办法尽微薄之力，我也想尽量帮助那些工人，他们真的很可怜。"

听到以华这么说，我很欣慰，我平时对他们说的话、我的行为，他们都听在耳里、看在眼里、记在心里。

我很喜欢美国诗人惠特曼的一首诗，叫《有一个孩子每天向前走去》，在我的儿子有了孩子之后，我也把这首诗读给他们听。诗中这么说道："有一个孩子每天向前走去，他看见最初的东西，他就变成那东西，那东西就变成了他的一部分……如果是早开的紫丁香，那么它会变成这个孩子的一部分；如果是杂乱的野草，那么它也会变成这个孩子的一部分。"

孩子最初看到的必定是家庭，是父母，你希望孩子成为什么样的人，那么你自己的举止、你营造的家庭氛围和你在生活点滴中给孩子的教育就要往这方面引导。

家庭教育是一个根基，是一个人成人的基础。成人会成为各种各样的人，你的孩子会成为什么样的人，跟你给他的教育和环境脱不开干系。

成人的教育是父母在千辛万苦中培养起来的，是在生活的点滴中培养起来的，而不是千军万马过独木桥的时候拿着鞭子抽出来的。

当然，在中国当前的社会状况下，应试教育、高考是现实存在的，不可能短时间内改变，我们的孩子必须努力学习闯过那座独木桥，这是我们无法改变的现实。但是，在这种现实下，我们也不能忽视了其他的东西。

我坚信，在孩子的成长过程中，成人比成才更重要。

媒体报道的青少年犯罪事件在向我们敲着一声声的警钟，不要一门心思只顾着让孩子成才,而忽视了成人的教育。在培养孩子的过程中，必须先让他成人，才能成才，否则，培养出来的不是人才，而是社会的危害。

先成人后成才，成人比成才更重要，而成人的关键要素，是德。我们现在一直强调道德，但是很多人忽略了美德。道德是很规范的东西，这个应该怎样那个应该怎样，但是美德却是一种心灵的呼唤，是一种内化的道德。很多有美德的举动都会让你觉得风情万种、魅力十足，不管是男孩还是女孩。我从小就注重孩子们的成人教育，希望把他们培养成一个有担当、有美德的人。

对孩子进行原生态的家庭教育，不可忽视文化的重要性。当孩子呱呱落地的时候，父母想到的应该是一个生命到这个世界上来，我的责任是什么，而不是把他当一个玩具来养。许多中国父母普遍有这样一个心理，小孩子是自己生命的延续。这是毋庸置疑的。但是怎么样让自己的生命延续的这朵花开得更绚丽，做父母的除了辛勤地浇灌，还要给予文化的滋润。一棵树长大你要每天浇水,浇水就是生存必需的。而孩子要长大我们必须给他吃饭，必须给他喝水。除此之外，还要给他文化，这是人之为人的特殊之处。

有人会说我非常重视孩子的文化教育，所以从小就给他报各种早教班、补习班。但是，那不是真正意义上的文化，真正意义上的文化是在做父母的心里养起来的一棵树，而不是扔在社会上，然后孩子去读这个补习班那个补习班。孩子需要补习是因为父母时间短缺，而不是父母没有时间。补习班可以培养一个孩子的道德心吗？不可能！补习班也不可能培养出一个有美德的孩子。学历的高低、文凭的高低，这些和成人还是废人是不挂钩的。

影响孩子成人的因素是多方面的，而家庭的教育是最直接、最重要的。家庭是孩子的第一所学校，家长是孩子的第一任老师。孩子就像刚刚长出的小树，需要家长的呵护和矫正，呵护是为了他们健康成长，矫正是避免生出无用甚至是有害的旁枝侧节，为他们以后更好地成长打下坚实的基础。做家长的不能光顾着呵护而忽视了矫正，不能光顾着物质而忽视了品行，不能光顾着成绩而忽视了文化。在教育孩子时一定要记住一点：成人，永远比成才重要，不能本末倒置。

中国父母总是尽力给孩子们提供更好的物质条件，如给孩子们更多的零用钱，让他们上更好的学校等，在孩子们身上一掷千金也在所不惜。但是即使物质条件优厚，孩子也不一定能够成人，这样的例子不胜枚举。**一个“成人”的人总会找到一个适合自己的领域而“成才”，而一个“成才”而不“成人”的人则往往会给社会、他人或自己带来伤害甚至灾难。**

相比之下，犹太民族更注重精神上的延续。犹太人对知识的重视有目共睹，他们甚至在孩子很小的时候，就会把一本涂上蜂蜜的书交给孩子，让孩子从舔书开始从小尝到知识的甜头。但相比之下，其实犹太人更重视德育，强调品德决定成就的高低。犹太父母除了教育孩子热爱学习、掌握知识、拥有智慧外，还总是给他们讲品德的重要性，鼓励孩子从小就要做一个品德高尚的人。**“我希望将父亲以前所遗留给我的东西，同样留给我的孩子。这些东西是什么呢？是亲情、勤勉、谦虚以及节约的精神。”**在犹太人心目中，这是比金钱宝贵得多的财富，是应该一代代一直传递下去的财富。

犹太作家艾斯顿说：“家必须是培养犹太美德的场所。”犹太人对孩子的品德教育和习惯培养，从孩子小的时候就开始了。在犹太人眼里，道德是致富的前提，是成就辉煌人生的基础。他们利用各种小故事，把道德标准融会其中，让孩子轻松掌握、深刻记忆。另一方面，言传身教，做孩子行为的榜样。

人会在各种力量中成长。作为父母，当你准备好去生一个孩子的时候，你就需要做出牺牲，付出心血。不仅是金钱，还有时间、精力和很多文化意义上的东西。你要带着孩子去博物馆、美术馆，要带着孩子去图书馆，你要牺牲自己培养孩子。

一切的努力、教育和培养都是把孩子教育成人，一定要给孩子真善美教育。我们不仅要培养孩子的文化艺术修养，更要培养孩子的美德。一个有美德的孩子才会是一个有孝心、有爱心的孩子，这样的孩子眼睛看到的东西都是美的。如果孩子是在抱怨的世界长大的，那么这个孩子看到的东西都是丑恶的：生活那么不尽如人意、学校同学那么坏、老师那么恶心……**如果你给孩子美的眼睛，他看到的世界就是美的。如果你给孩子悲观的心，他感受到的世界就是丑恶的。**想让孩子成为什么样的人，就看你从小给他什么教育。

真正的输赢在弯道

去做活动、开讲座的时候，经常会遇到一些父母眉头紧锁跑来问我："沙拉老师，我家孩子现在两岁了，还只会说两个字的话，小区有个和他一样大的孩子都会背诗了。我着急死了，要不要给他请个老师教教他说话？""沙拉老师，我家孩子成绩一直排在倒数，怎么办？""沙拉老师，我女儿三岁了，您觉得送她学钢琴好还是芭蕾好？"诸如此类的问题不胜枚举。太多的父母内心焦虑，说现在社会竞争激烈，就连好的幼儿园、小学都得经过层层挑选才能进，如果不能上好的幼儿园，怕孩子输在人生的起跑线上，所以带孩子去参加各种早教班、兴趣班、补习班。

很多家长也表示很无奈，但是社会现实如此，只能随大流。可是，我们的父母有没有想过孩子们的感受，一个被剥夺了童年的孩子是多么悲哀啊！其实每个孩子都有自己的长处，有自己的成长轨迹，做家长的不能拔苗助长。

我的大儿子以华就不是“读书的料”，同样上课，二儿子辉辉能很轻松地吸收，以华就不行，虽然他也很努力，但就是差那么一点。可我并没有像当今的大多数中国父母那样，逼着孩子学，天天跟在孩子后面催着做作业，上补习班，我能做的就是等待。最后，我的等待没有白费，以华以他自己的方式获得了成功，在二十多岁的时候就依靠自己的力量送了一辆车给我。如果我当时逼着他学习，逼着他上补习班，也许他会因为厌恶和反叛放弃学习，最终堕落。

但是“别让孩子输在起跑线上”这句话，在一些教育机构的误导下，已经成了父母最爱念叨的一句话。于是，孩子还未出世时就进行胎教，一两岁开始教认字，三四岁教学琴、画画、英语等，千方百计要上最好的幼儿园、最好的小学，不惜重金送孩子进各种才艺培训班，似乎孩子如果一开头没跑好，这一辈子就输定了。

倘若我们将人生看成一场竞赛，那么，起跑线确实是存在的。可是，人生是过程，而不是竞赛。而且，对跑步而言，起跑线上的争分夺秒，也只对百米的短跑才有意义，长跑和马拉松比的是持续的耐力，而不是起跑时的快慢。而人生，就算要比作竞赛，也应该是长跑或者马拉松，不会是需要在起跑线上争分夺秒的短跑。

对马拉松运动而言，起跑线上的竞争并不重要，甚至连前半程的成绩也不太重要。马拉松比试的是运动员持久的体力、耐力，整体的协调和配合能力，以及能否把握现场随机应变，等等。那些急于求成、一开始就猛冲的领跑者，往往会在中途失去耐力，不可能是最后的优胜者。只有那些具有良好的身体和心理素质、具有整体战略、沉着稳重的运动员，才能得到最后的胜利。马拉松竞赛的特点是谁笑在最后谁笑得最好。

输在起跑线上并不表示会全盘皆输。有人这样说过：哪怕你是一只蜗牛，只要能够爬到山顶，和雄鹰所看到的景色是一样的。领先走在你前面的人迈一小步，落后于人的你就迈一大步，这样，你和领先者的差距会变得越来越小，早晚会追上去，甚至能很快超越那些遥遥领先的人，那么，你照样能成为最后的赢家。

长跑和马拉松的要诀就是保存实力，这和孩子学习知识的道理一样。在孩子还没有相当的阅历时，给孩子灌输与其年龄不相符的知识，孩子不但不会产生共鸣，甚至会厌恶。衡量教育是否成功，不是看分数，而是看孩子对所学知识是否感兴趣。如果孩子对所学知识的兴趣越来越大，说明教育成功了，反之则失败了。而孩子对于所学知识感兴趣的程度，除了取决于老师的教授方法，还有孩子对知识的感悟程度，过早地让孩子学习太多并不是在帮孩子。

孩子有自己的成长规律，专家认为三岁是直觉思维期，五岁开始有形象思维，八岁到十二岁是记忆力最好的时期。有实验表明，在学前班认字较多的孩子，一年级时语文会领先其他孩子，但是到了二年级，水平就与其他孩子持平甚至不及其他孩子，所以现在已经有很多人在呼吁幼儿园不教孩子知识。再以画画为例，研究表明八岁的孩子才能按大人的视角观察临摹，在这之前孩子画画只是直觉思维的自我表达。让太小的孩子学习绘画技巧，告诉孩子太阳应该是圆的，云朵应该是白的，这是对想象力的扼杀，也是一种时间的浪费，与其早早把孩子送去上画画兴趣班，不如在家里给他准备好工具让他自由发挥。

我们的家长为什么要超越孩子的年龄特性，让孩子去做他们的年龄阶段难以实现的事呢？看到那么多因为家长望子成龙而被拖着学这学那的孩子们，我脑海中经常会浮现出马戏团里的动物，它们本应在大自然中无忧无虑地玩耍，却为了满足某些人的观赏需要，被迫战战兢兢地走钢索、跳火圈！

中国人自古即有“神童情结”，但神童大多未必成才。我们熟知的孔融让梨故事中的主角，十岁与士大夫谈书论道，长大后当官主政，却弄得民不聊生，最后抛妻弃子独自逃跑。“江郎才尽”的主角江淹，少年成名文采风流，成年后文章写得干巴巴，被人嘲讽至今。《伤仲永》一文的主角方仲永，有神童之称，从小能诗会赋，父母带着到处炫耀，名重一时，他在起跑线上绝对是出类拔萃，但成人后却毫不出众，一事无成。

“别让孩子输在起跑线上”，追根溯源，应该是精明的商家发明出来的一句广告语，没有任何的理论支持，很多专家都在抨击这句话。只要大家注意观察，就会发现这句话用得最多的地方是各种培训班、辅导班以及和孩子有关的书和保健品之类的，他们千方百计强调这句话的目的，不过是要把家长口袋里的钱忽悠到他们的钱包里。

希望我们的家长能够把眼睛擦亮，不要再被这些广告语蒙蔽了双眼，剥夺孩子原本应该快快乐乐的童年，把他们弄得筋疲力尽、苦不堪言。我在这里要告诉大家，真正的输赢是在弯道上，不在起跑线上。

起跑线上不会输，因为起跑线是公平的，但是你往往会输在弯道上，因为弯道是蕴含着机会的。我们看赛车比赛，起步的时候没有什么公平不公平，往往输就输在弯道了，因为弯道可以超车，弯道显示技术，弯道考验胆量，弯道考验的东西太多。那么在人生马拉松大赛中，我们的孩子就是选手，因为家长一直在叫嚣着不要输在起跑线上，他们每天早早起来去学校，下课奔波于各种补习班、兴趣班之间，还没有站在起跑线上，已经筋疲力尽了。

然而，弯道是一个超越的机会，如果你能把握住机会，就能超越前面的人，最主要是超越自我。当然你需要付出成本。机会和成本在跑弯道的时候就明显地体现出来了，机会给了有胆量的孩子和有准备

沙拉特别喜欢和孩子们在一起

的孩子。孩子是怎样准备的？是父母培养的。

因此，当遇到弯道的时候，准备好的孩子都能顺利通过，他能承载痛苦，他也能承载幸福。弯道是孩子前进道路上的加油站，每一个弯道都是。如果一个小孩子一路顺风，没有经历过太多挫折，反过来说就是你剥夺了他成长的权利。作为家长，不可能把孩子成长路上的所有障碍都解决掉，因为孩子不光在家里成长，他还在学校和社会成长。成长的过程总会遇到各种各样的麻烦，家长应该让孩子自己学会面对，学会应变，而不是帮孩子清理障碍，代替他成长。在人生马拉松赛道上，孩子要学会的东西非常多。

就好像每天的时间都是二十四小时，你认为时间很公平吗？我认为时间一点也不公平，在分配之前，时间是公平的，每个人都有二十四小时，但是分到你手里的二十四小时和分到我手里的二十四小时，就不对等了，比如我可以出钱叫保姆来帮我干活，比如有人一个小时几十块，有人一个小时几万块，可见时间并不对等。所以，这个世界上没有绝对的公平。如果这个世界上什么东西都绝对公平，我们就不存在竞争了。竞争就是因为有不公平，但是以什么样的心态去面对这些不公平，怎么面对弯道，是一门学问，必须自己去琢磨。我一直对我的孩子们讲，我们在弯道上，你能做到既不撞倒别人又能保全自己，才算胜利。具体怎么做，就需要你自己在一次次的经历中总结经验。如果你小心眼，把能够拿到冠军的人撞倒，那是一种不好的行为。在过弯道的时候,你可以看到很多很多不同的人，弯道是一块试金石。

千万不要再说什么输在起跑线上，我可以大声地宣告，起跑线上不会输，如果要说输，也是输在弯道上。经过弯道的时候，智慧、勇气还有机会等等，加起来超越了别人，那才是真的赢。

孩子的公德心就是家长的公德心

有一次坐飞机，在我后面是一家人带着一个孩子，小朋友不停地用脚踢我的椅背，我就跟家长讲："你为什么放任你的孩子踢椅子，不带好他？"坐在旁边的爷爷说："三岁的孩子踢踢有什么关系，他不过是一个三岁的孩子，你不喜欢自己买一架私人飞机不就可以了嘛！"然后爸爸、妈妈、爷爷、奶奶四个人跟我一个人吵架。这是我们的现状，我们对别人的需要视而不见，只关心自己的孩子，以他为天，以他为地，这真是一个民族到了最危险的时候。这个小朋友坐飞机，那么家里的经济状况应该还可以。可这个小朋友一路上不停地吵闹，一直用脚踹来踹去，我忍无可忍。小朋友自己是没有意识的，不懂公共场所要讲公德，这个时候父母就有责任教育他。但是这家父母不是教育自己的孩子，而是反过来跟我吵。

三岁的孩子难道就不需要教育吗？我就在飞机上给孩子的家长上了一堂课，我说："你们如果只关心自己的孩子，对他所有的打闹视而不见，这是一种不负责任的态度，是对社会人文环境的不尊重，也是一个对自己子女公共场所礼仪培养的缺失。”我跟他们讲了我怎么带孩子，我也带孩子坐飞机，去以色列，之后也带回国。小朋友自己拖一个小箱子，箱子里面是他喜欢的玩具、零食和书，这是旅途当中击败寂寞陪伴他长大的工具。除了这些，还需要父母陪孩子一起玩。比如他带了车，我们可以一起来说说这是什么车什么牌子，是一辆公交车，一辆轿车，还是一辆摩托车……还可以玩文字游戏，比如拿起一辆车，跟他说："杰克开了一辆车去北京，北京是中国的首都，这辆车是红旗牌的，红旗牌车是中国人的车。”

我给那一家人上了这样一堂课，我说希望每个带小朋友的家长都能事先想到在旅途中可能发生的事情。我们要想到小朋友可能会寂寞，可能会无聊，可能会吵闹，希望你在他的旅行箱里放好他要喝的水、要吃的东西，可以带些书讲故事给他听，甚至可以就地取材编故事。父母用心陪伴，小朋友就不会吵闹，他会关注你跟他说的，陪他做的。

实际上，对孩子而言，因为不懂事而缺乏“公德心”是可以理解的，但家长要给予正确的引导，通过规范自己的言行，让孩子直接感受到什么是对、什么是错。所以，归根结底来说，**谈孩子的公德心问题，其实就是谈家长的公德心。**

什么是公德心？公德心就是在公共场合不妨碍别人，不损害别人的利益，这应该是人最基本的道德修养。但是很遗憾，像上面那家人一样缺乏公德心的人太多了。

各国媒体上，中国游客如何如何没有公德心、不守规矩等报道屡见不鲜。我自己也遇到过很多中国人在国外不守规矩的情况。

有一次坐船，晚餐是自助餐。自助餐有一个规矩，排队就只在右手边，大家排队依次取食物。但是，总是能看到有几个中国人，完全不守规矩，钻空子这里拿一些那里拿一些，而且也不管自己能不能吃下那么多，把盘子堆得满满的。这是生活当中某些中国人的陋习，没有遵守当地的习惯。

还有一次我刚刚动了手术，在飞机场，很多位置上就放了一个提包，我走过去的时候坐在旁边的人就说“这里有人的”，连写了老年人专座的位置也是这样。我说：“人呢？人去了哪里？第一，这是公共场所，你不可以好像你买了这个位置一样。还有，我刚做了手术，而且已经六十多岁了。”当然这些我不说他都不知道，但是，那个位置上只有一个提包，为什么不能给其他人坐呢？

我们也会全家出游，但在机场候机的时候绝对不会把包放在旁边的空座上，为什么能做到，就两个字——自觉。我给我的孩子在公共

沙拉和空乘人员在一起

场合的礼仪教育是自觉。我们在饭店吃饭，尽量不弄脏别人的台布是一种教养。我们在候机的时候不会用包占座，这也是一种教养。**我觉得教育小孩的第一步，就是培养孩子在公共场所的教养和礼仪。**公共场所就是公众的地方。家长要在生活的点点滴滴中培养孩子自觉的习惯，我相信如果我们的付出在我们的下一代开花的话，我们的社会一定是芳香的。

这也是我们提到的对子女的规范教育，这个规范教育其实最早来源于我们的祖训。但是现在越来越多的人淡忘了这些东西。如今国强民富，中国人走出了国门，踏入更广阔的世界，马上就让人鄙视我们。我特别不喜欢看到这样的情形，比如一把很漂亮的椅子，某某某坐过的，它一定会用中文标上“不许触摸”。每次看到，我都会跟我的孩子们讲，你们看，这是一种耻辱。如果是一种善意的提醒，它可以用国际通用语言英语或者其他多种语言来标示。你也可以拔高一步，说是因为现在中国的地位提高了，所以会用中文标示。但在这个地方这样用中文来标示，我觉得是一种鞭策。我跟孩子们讲，哪一天，公共场所不再用中文标示“不要碰”之类的，那说明我们的文明又上了一层楼。

现在的社会很浮躁，穿一双旅游鞋、穿一件 T 恤也可以进大的社交场合。我曾经多次在文章中写过，我坐游船，收到船长的晚宴邀请，我看见香港女人穿着漂亮的旗袍，我看见英国男人穿着漂亮的裙子，我看见日本女人穿着漂亮的和服……也有一些中国内地来的人，但是穿正装的很少。

邀请函写着要穿正装，但是很多人视而不见。现在外国人越来越多地迁就中国人的习惯，这是因为经济利益，中国人在国外的消费能力很强，外国人看中的是中国人的钱。每当各路报纸报道中国人在国外的不文明行为时，我都觉得这部分人这么肆无忌惮地践踏公共场合礼仪，就一点没有觉得不好意思吗？我非常想跟我们的下一代说“请尊重国际礼仪”。

其实，中国自古以来就有“礼仪之邦”的美誉，中国人也曾以彬彬有礼的风貌著称于世。《论语》有曰“不学礼，无以立”，可见注重礼仪并不是国外才有的传统，中国也有，只是在社会发展的过程中被我们丢失了。

老一辈的中国人是非常注重礼仪的。我每次出去旅行，在游轮上，如果有鬓发斑白的中国人，他们一般都举止优雅，非常有绅士和淑女的风范。我有一次在一艘游轮的舞会上遇到一对年纪很大的香港人，他们的舞跳得非常好，但是每次他们都不会第一个上去，因为他们上去之后其他人就不好意思上去了。他们一定是等有七八对人上去了，才会加入。都是中国人，为什么这种谦卑和为他人着想的态度，很多人现在没有了？这是教育的缺失，我们的教育脱节了。

我们的父母一心只想着让孩子考一个好的大学，拖着孩子奔波于各种补习班之间，只想着分数、高考，完全忽视了对孩子品德的培养。

很有趣的一个现象，我们屡次讲教育进入怪圈，但是大家都心甘情愿地在这个怪圈中挣扎。每个人都在疾呼教育出问题了，一百次地呼唤给孩子快乐，但是孩子就是快乐不起来，因为我们已经进入一个绝对自私的怪圈，我们的理念出问题了。我们不是去把我们的孩子培养成一个德育、智育、体育全面发展的人，而是培养成一个只会高考、高考、高考的怪物。

如果你所有的重心都在高考上，给孩子的压力就大。因为你所有的爱都转移到学习上了，甚至我们包办子女的衣食住行都是为了让他们学习。我们把爱简化成了一条直线，所有的爱都是为了高考，所有的爱、所有的过程都是为了高考，因此，高考成了爹娘。为了高考爸爸妈妈可以放弃一切，例如一对夫妻一直在争吵，但是他们不会离婚，他们要等孩子高考结束再来解决自己的问题，我觉得非常不可理喻。每个人都为自己活着，如果我们把孩子视为我们的下一代，我们生命的延续，那么怎样才对得起这个社会，对得起这个国家，对得起这个民族，我觉得我们需要深思。我们审视这些问题的时候，要弄清楚，我们孩子的长处在哪里。

每次带孩子去酒店，如果正好里面有人开门出来，我会要求我的孩子等对面的人离开我们再进去，绝对不允许孩子因为门开了就直接进去，因为那个门不是你开的，是人家开的，就应该先让人家出来，你再开门进去。还有等电梯的时候，等下电梯的人先出来才能进去。两个人在说话，我绝对不会允许我的孩子从中间穿过。带孩子去饭店吃饭，我们不会大声喧哗，说话的声音保持在对方可以听到就行，不会把台布弄得乱七八糟。对别人的帮忙，哪怕只是一个小小的举动，比如帮你把灯打开，我们都要说声谢谢。

都是一些很微小的举动，但是，恰恰是在这些细节中，很多父母在公共场合漠视孩子公德心意识的缺失暴露无遗，让孩子随地大小便、随意踩踏公交车座椅、公共场合大声喧哗、故意插队、闯红灯等。我一直强调，孩子成人比成才更重要，恳请各位父母在教育孩子成才之前，先让孩子做一个合格的人！

很多时候父母的公德心还不如小小的孩子。我曾经看过这样一幕：一对年轻的夫妻带着孩子到餐厅吃饭，临走时，父亲拿走了餐厅的一本杂志。孩子见状，喊道："爸爸，这本杂志是餐厅的。"孩子的叫喊让父亲有些尴尬，于是随手把书放在了自己附近的桌子上。这时，母亲拿过那本杂志，指着封面上的文字对孩子说："你看，这里写的是'公共财物，请您爱护，用过之后请放回原位'，快把它放到那边的报刊架上去吧。”听了妈妈的话，孩子快速地跑向不远处的报刊架，把那本杂志小心地放了上去。

随着社会的文明和时代的进步，小朋友比我们大人更文明，因为小朋友不会随地吐痰等，他们一直接受这种教育，而我们已经很难改了。他们的小手散发出来的新思维、新理念、新文明，推动着我们改变。

小手牵大手，会让我们更健康。我相信，我们中国一定会更加繁荣。未来是中国的，发展中的中国是祥和的。

我很高兴妈妈你一直在学习

刚到以色列的时候语言不通，四十二岁的我苦攻希伯来语，专门找老人聊天，老人空闲又怕寂寞，一聊就是半天。不到半年，我就掌握了主要生活语言。我不知道我是不是语言天才，但我不仅会说汉语和英语，还在很短时间里学会希伯来语，同时还能说很多方言，四川话、广东话、苏北话、宁波话，我都能随口说来，不说让人叫绝，也能像模像样。

我学语言和其他有基础的人学语言根本就不一样，我是硬把自己逼出来的。我去买盐，我问了邻居这个单词怎么说，然后一路走一路念，一直到小店。因为我年纪大了，如果不是这样学的话，永远也学不会的。我疑难词的词汇量比我孩子们还要多，当然语法还不如他们，但是我知道得更多。

中国人说“活到老，学到老”，养成学习的兴趣、培养学习的习惯有利于我们适应这个社会。

我刚去以色列，靠做春卷卖维持生计。其实我在上海的时候并没有做过春卷，只是看过卖春卷的大姐做春卷皮。如果我不是对社会充满好奇，没有驻足看过卖春卷的大姐做春卷皮，我就卖不成春卷。看的时候只是好奇，有没有用不去管他，如果我们没有这种好奇，这个派不上用场的我不学了，要用的时候就发现自己不会了。

现在有一批中国人认为自己有钱了，为什么要学英语，现在外国人都来中国赚钱，他们应该学中文。对，很多外国人是学中文，但是你学外语是为了自己，是因为需要充实自己。当一个人要去学一样东西，他有一些动力。这些动力有两个方面，一个方面是主动的，一个方面是被动的。主动的是你觉得自己对这个东西很感兴趣，自己要学它。这是一种自我产生的兴趣和喜好。

对孩子又不一样，当孩子还懵懂、还没有对一件事情完全产生兴趣或者兴趣在游离的时候，我们要给孩子一些自由的空间，让他们在兴趣之间游走，因为他还没有形成自己的世界观。要给孩子自我选择的时间和空间，让他能够主动地去学习，而不是被父母逼着去学习。

还有，孩子永远是模仿父母的。我有三个孩子，我为了他们没有找自己喜欢的工作，他们上学的时候我也在学习，为了自己知道得多一点，我学了很多很多的东西，现在孩子才告诉我“我很高兴妈妈你一直在学习、学习、学习”。我的女儿说她碰到一些人，只有五十多岁，不学习，待在家要别人来照顾，好像一个废物。女儿说：“妈妈，他五十多岁就这样，你六十多岁还在学习，我真高兴有你这样的妈妈。看到你一直追求上进，我很感动，我要向你学习。”如果你是学习型的父母，你的孩子会欣赏你，因为你一直在学习。所以既是为了自己学习，也是为了孩子学习，因为孩子会模仿你。

我们常说父母是孩子的第一榜样，一个家庭是不是学习型的家庭，

沙拉和巴西小朋友在一起

对孩子是不是爱学习有很大的影响。如果父母不学习，没事就看电视或者打牌打麻将，却要求孩子认真学习，是很没有说服力的。一般来说，家有学习型的家长，孩子也会爱学习。

学习是多方面的，不单指学习文化知识。现在我们很多家长在认识上存在误区，认为学习就是学习书本上的知识，将来考一个好的大学。于是家长给孩子创造了良好的读书条件，给孩子吃好的，给孩子买好了房子，但是却没有给他更重要的东西，没有给他生活能力的学习，没有给他学习能力的培养！其实这种看法太片面了，生活是需要方方面面学习的。

我们常说“三人行必有我师”，每个人身上都有值得我们学习的东西，我们要善于从生活中、从细节中、从各类事物中、从形形色色的人那里，学习和吸收自己需要的东西。

犹太人对知识的重视是全世界闻名的。犹太人的孩子出生后不久，父母就把蜂蜜洒在《圣经》上，让孩子去舔，让他们从小就感到书是甜的。犹太人有一条万古不变的真理：财富可以被带走，唯有知识和智慧永不流失。知识本身就是一笔财富，但犹太人更为看重的是如何将知识化为实实在在的财富，即人的知性，也就是我们说的智慧。智慧是打开幸福和财富之门的金钥匙。只要活着，犹太人总是不停地学习。对犹太人来说，学习是一种神圣的使命。犹太人认为，肯学习的人比知识丰富的人更让人尊重。

从我自己培养孩子的经验来看，我感觉到培养孩子良好的学习习惯和道德品格非常重要，我的孩子能够和我同心同德，这主要来源于他们的勤奋好学和自主学习。他们的学习方法非常好，而这个非常好的学习方法来源于我找到了孩子们的兴奋点。这个兴奋点来源于和睦的氛围，比如吃完饭以后大家坐在一起看电视，电视声音是非常轻的，我们在等待着新闻，最新的新闻。但在等待期间，我们不是各自玩各自的或者无聊地等待，更多时候会讨论一种学习的方法。比如，我会挑一个字，让孩子们自己想象，把这个字形容到极致。这也是一种生活态度，因为你在形容一样东西的时候把它形容到极致，你在做一件事情的时候也会把它做到极致，你对家人的关爱不是敷衍了事，而是真心真意，这都来源于父母平时一点一滴的良好的家庭教育。

比如我们说“亮”。怎么叫亮，孩子们各抒己见，“我要有明亮的房间”，“我的家里要打扫得亮亮堂堂的”，“亮丽也是亮，我要有一个亮丽的人生”，“珠光宝气也是亮”，“我要戴很多很多光荣的勋章，太阳照在上面闪闪发亮”，到了这里，我说：“差不多了，差不多了，接近了，但是再来，还没有到极致。”虽然对亮的形容还没有达到我想要的效果，不过，在讲亮的时候已经激发出了他们很多的向往，他们会向往好的、美的。

其实老师在课堂上教的很多东西远不如家长在茶前饭后聊天聊的东西，我们聊的东西很多是学堂里、课本里没有的。再来讲“亮”，亮的东西我们在家讲了很多天，不停地发现，反正所有的形容都带出了他们对生活的想象，最后我说:“差不多了，再靠近，再靠近。”到最后，终于小姑娘说了：“妈妈，妈妈，我知道了！如果太阳照在眼睛上，是不是会睁不开呢？亮的极致，就是睁不开双眼！”我说：“对了。因为当一个人眼睛被蒙住的时候，他是看不见东西的，因此我们不要把荣华富贵和虚伪的东西看得太重，我们在看它的时候既要尊重它，也要敬畏它，但是我们不能完全去依附它，比如说这个徽章怎么怎么重要，我要怎样怎样。我觉得眼睛更重要，在阳光下，眼睛都睁不开了，那给了我们很多美好的想象。感谢阳光让我们睁不开双眼，让我们用脑子去思维。因为很多东西除了要用眼睛看还要用脑子想，所以阳光照得眼睛睁不开，需要用脑子去思考的时候就是亮的极致。”

所以这个亮也是一个非常好的告诉他们人生变化无常的切入点。阳光照在不同的地方，会出现不同的现象：照在窗子上会反射，照在房间里会明亮，照在身上会暖洋洋。

生活中的方方面面、点点滴滴都是教育、培养孩子的机会，做家长的要善于把握机会，把我们的孩子培养成一个德、智、体、美、劳全方面均衡发展的人，而不是把孩子丢给学校，丢给各种补习班、兴趣班，自己当甩手掌柜，记住，**生活是最好的教材，父母是最好的老师。**

对孩子的教育方法非常重要，我们要给孩子做榜样，我们要给孩子适当的启发和指引，我们要给孩子鼓励，我们要给孩子创造机会。

讲一件不久之前发生的事情，我的孙女贝贝，她的老师出了五道听写题。老师说：“哪怕标点符号错误，这一条都没有分的。”卷子交上去了，有十来个人是全答错得零分的，我们家贝贝是交上去一张白纸，一个字都没写。老师很奇怪，打电话给我的媳妇，说我做老师这么多年，没见过你们家贝贝这样的孩子，她竟然一个字都没写就交给我了。儿子昨天晚上赶过来，问我："妈妈，这个事情怎么办？"我说："我不需要问贝贝，如果是我，我也会选一下写或者不写，因为这个老师犯了一个非常大的错误。这些小孩子并没有独立的世界观，也没有积极的、努力的、向上的拼搏精神。对这些孩子来说，当你出题的时候，你已经告诉了他结果，小朋友就有了选择的权利。老师给了孩子一个机会，你可能得一百分，也可能得零分，你给了他这个机会，他就会去换算成自己的成本。我写了交上去如果都错了，那就太丢脸了。如果有一点错是零分和全部都错也是零分，我选择全部零分，我选择不做。因为他不做，没有什么对和错。我觉得贝贝一点也没错，是老师的错。"我媳妇跳起来了："就因为有你这样的人贝贝才这样。"我说："很可惜，我没跟贝贝一起生活，只是可能有一些遗传的因子在她身上。我觉得这样很好，她将来一定是一个商人。因为你已经把结局告诉我了，我为什么还要为这个结局去拼呢？我没有把握啊。我没把握的时候不跟你拼，我选择放弃，这是一种生活态度，一种学习态度。"

相比之下，犹太人的教育更注重思考的过程而不是问题的答案。**在犹太人看来，学习不只是学习，而是以所学为基础，自行创造出新东西的过程。学习的目的在于培养一个有自己思维的人，而不是一个模仿者。**犹太人在学习上重视创新，认为学习应该是怀疑、思考、提高执行能力的过程。

从这个意义上讲，我可以说这个老师出的这道题很有问题，限制了孩子的想象力和创造力。但是在中国，老师永远是对的。有孩子学习不好，老师永远不会问自己，是不是我教得不好，我有什么办法让孩子明白。他们觉得我是老师你是学生，没有学会是你自己笨。

譬如出这道题的老师，永远没有想到一个学生会这样对他。老师永远觉得自己是对的，我是老师，我凌驾于学生之上。我规定默写只要有一个字一个标点错，这一题就零分。很抱歉，这个不是选秀，不是在电视里做竞赛。在学习过程中，我希望我们的老师给小朋友的是鼓励，给小朋友的是发散性思维、创新能力的训练，而不是用标准答案来评判孩子。

遇到这种问题，就需要我们做家长的好好跟老师沟通。我跟我的儿子说："我觉得贝贝没有错，老师出的题目本身就是对孩子创造力的一种限制，我希望你好好跟老师谈谈，不能因为这件事影响了贝贝的自信心。"我觉得做父母的不应该一味地盯着孩子的成绩，我们要让孩子知道，如果他是有道理的，我们可以去和老师谈。我不希望因为这样一件事打击了孩子的自信心，限制了孩子的创造性思维。我会让孩子们知道，只要你是对的，父母就会支持你，不管你面对的是什么。

带孩子做志愿者

一次，我在有关癌症的义卖活动上做志愿者，我跟我的二儿子说：“辉辉，今天你一定要来，因为妈妈是志愿者。”儿子来了，拍了一些残疾人的画作，七七八八加起来可能有两万五千块钱，让我没有想到的是，儿子全部拍完以后，把字签了，把钱付了，然后非常郑重地搂着我，跟我说：“妈妈，我要离开了，还有事情要处理。该拍的我都已经拍好了，这些拍品留着下一次再做义拍吧。”他一样也没拿走，让现场的很多工作人员特别感动。拍卖品是残疾人的一些画作，对儿子来说用处不大，但因为良好的家教，儿子拍了。我以为有些东西他是想要的，但没想到他希望这些物品能为下一次的慈善拍卖提供更好的机会。所以在这里，我要向我的儿子致敬：“谢谢你，儿子。妈妈向你学习。”我可以很自豪地说，儿子比我想象中的更优秀。

我在和平眼科医院当志愿者时，一天遇到了一个需要换视网膜的小朋友。这个视网膜必须要有人死了，而且愿意把视网膜奉献出来才能换。视网膜换完以后，还有一段很长的吃排异药的过程，我跟儿子说："儿子，我可能需要你的一些帮助。"儿子马上就打电话跟和平眼科医院的朱莉教授说："朱莉阿姨，我妈妈说又有一些人需要一些金钱上的帮助，这样吧，阿姨，如果十万二十万你下单就行，我来给。"朱莉听后非常感动，她跟我讲，很少见到你儿子这样的好孩子。他们可能没有时间和我一起来医院当志愿者，但做志愿者并不仅仅指站在楼梯口，跟人说"这边走"，志愿者的形式有很多，你可以当一个曲线的志愿者。比如美国有很多基金会，有一定经济能力的人把钱拿出来，也是做慈善。辉辉也是如此，他因为没有时间，无法直接和病人沟通，由妈妈来跟病人沟通。

我没有看到的病人我不会帮。我们帮病人付完钱后所有的单子都撕掉，不会留单子，因为中国有句古话："善欲人知，不是真善；恶

沙拉在医院做志愿者

恐人知，便是大恶。”我们做过的事情就让它过去。求得一份心理的宁静，这就够了。我特别好玩，倒下去就睡着，特别轻松，没有太多的负担。

自己在医院里看到需要帮助的人，我都尽力想办法给他们以帮助，在私底下进行，而不会大声喧哗，你的大声喧哗，会引来别人。当你帮助别人的时候，你悄悄进行，这样不容易让人产生惰性。

举一个例子，有个叫鹏鹏的小朋友在医院动手术，我去看他，然后我跟他妈妈讲：“你放心，这个装义眼的钱我会付的。”一个病房有三张床，但是你不可能不讲话。我下楼梯的时候，很快就有一个人跟着我，跟我讲：“我也很困难，你是不是也可以帮我们的忙，帮我们把医药费付掉？”其实在这个人没说之前，我就已经知道可能会遇到这种情况。

犹太人给别人以帮助，是不留名的，也就是被捐助者是不知道谁给他钱的。这样有什么好处呢？第一是留着他那份自尊，第二是他不要感觉到欠我，第三是他不产生惰性，有一份感恩的心。譬如我在医院看鹏鹏，告诉他的妈妈装义眼的钱我来付，因为他们真的很穷，自己没有能力。但是他们吃饭还是要自己解决。治病方面我可以来帮他们，我不帮他们也还是需要一些社会力量来帮他们。我们作为志愿者，出手帮忙可以解决一部分问题，不把太多负担推给这个社会。说得那么轻，隔壁床还是听到了，在楼梯间拉着你，问你是不是可以帮他也把费用付掉，让你非常为难，那就是你自我的。所以我在做志愿者期间，几乎都是悄悄进行。我站在那里当志愿者，我会察言观色，我会看哪些人是真的需要帮忙，而且朱莉教授也会跟我讲。朱莉真的是一个尽心尽责的医生，我们两个经常会做些沟通，例如如果这个病人不治疗的话，会有什么麻烦等。

有一个小朋友患了视网膜母细胞瘤，其实就是眼癌。一只眼睛有，并且已扩散到另一只眼睛，必须得挖掉，不挖掉癌细胞就会跑到脑子里，小朋友就会死掉。这个小朋友才六七岁，朱莉教授跟我讲："沙拉，这个小朋友视网膜母细胞瘤，两只眼睛都要拿掉，在眼睛拿掉之前，我们应该让他再看一下世界。"然后，朱莉和我凑了钱，让孩子的爸爸带孩子去看看天安门，看看五星红旗升起，去看一看长城，去看一看高山，去看一看流水，去看一看小朋友玩的碰碰车。反正一个星期时间，把能看的都看了，朱莉和我给了他们一定的经济资助。

有一篇报道问我十年来最让我感动的是什么，我说最让我感动的就是朱莉教授，凡是碰到患有眼疾的病人，她都会为他人着想，她是真正做到了"医学之父"希波克拉底精神的要求——发挥一切能力为病人谋利益。我从她身上学到很多很多东西。

在我们的资助下，手术前看过世界的小朋友眼睛拿掉了，高山也记得，大海也记得，天安门也记得……全都记得，他就是看不见朱莉教授，也看不见沙拉阿婆了。

我经常跟孩子讲我们的人生云端，每个人都有自己的人生云端，不同人的人生云端表现不同，比如说医生的人生云端是在救死扶伤中升华，他每一次成功救活一条生命，就有一种成就感。作为教育工作者，责任是把自己感悟到的东西说出来，写出来，当把这些东西都说出来的时候，你的人生将在奉献中升华。作为一名志愿者，我的人生云端是在感恩中升华。

我们要做志愿者，是因为我们感恩。我们感恩父母给我们生命，我们感恩大自然给我们食物，我们感恩师友给我们智慧。做志愿者是有基础的，首先你得有一颗感恩的心，而不是纯粹去那里敲个章，表示我到了，我曾经当过志愿者。志愿者有着一颗感恩的心，用这颗感恩的心去帮助需要帮助的人。这个非常重要。我们感恩社会给我们的温暖，当我去帮助别人，我相信别人在我困难的时候也会帮助我，因为我们热爱这个社会，因为我们感恩这个社会。**每一次当志愿者，我都会感觉到，做志愿者的过程净化了我的灵魂。**当志愿者的时候你会觉得自己很高，其实是把自己放得更低了。我跟病人说话时都是蹲下来的。

我们中国的大部分志愿者是健全人，但是我在墨西哥，看到很多志愿者是残疾人，他们摇着残疾人的车，在机场内这么一个紧要的岗位当志愿者，他们的人格并不会因为残疾而丢失，反而会在当志愿者的过程中升华。残疾人志愿者非常自豪地在机场穿梭的时候，在为你服务的时候，他的人格在不断升华，那是一种何等的境界！

在墨西哥，我和残疾人志愿者对话，我跟他们说："你们作为志愿者，我非常非常尊重你们，向你们学习。"然后他们就跟我说："我们

在墨西哥，残疾人像正常人一样，作为机场管理工作人员服务于社会

在做志愿者的过程中找到了自己,原来我们也很伟大。”他们很自豪,“我们也很伟大”，他们的人生观、价值观在自我实践中升华。向墨西哥机场的残疾人志愿者致敬。

作为一名志愿者，那一刻，志愿者那三个字已经净化了一个去当志愿者的人的灵魂。不管这一生当中你是不是有过过错，我想说，在此刻一个忏悔的灵魂，依然是一个高尚的灵魂。

我也会带我的孙女贝贝去做志愿者，每次结束之后，贝贝就会跟我说：“婆婆，今天我收获特别大，我帮助了别人，觉得很开心。以后我要好好学习，学好本领帮助更多的人。”

我没有说教，但是孩子自己会有感悟，通过做志愿者，她看到了很多她平时看不到的事情，她觉得自己的生活很幸福，她想靠自己的力量帮助更多的人。之后，不用我们提醒，她就会自觉地学习，因为她有理想、有目标。

女儿在以色列长大时，家里的经济状况已经逐渐好转了，她没有吃过苦。我想让女儿懂得爱别人，学会爱别人，有慈悲情怀。于是我常带女儿去敬老院探望孤独的老人和长期卧病的病人，趁这样的机会，我来告诉孩子利他的人生观。当我们为老人倒茶,对老人们嘘寒问暖时，女儿学到了如何对长者表达敬重与关怀。当我们唱些老歌，引起老人的共鸣时，女儿明白了老人们更需要的是心灵的安慰；当我们帮着去按摩那布满了皱纹的手臂时，我则是想让女儿明白：人都会衰老，都会步入生命的这一段。

我并不是说每个人都要去做志愿者，但是我们可以通过自己的方式自己的力量去帮助需要帮助的人，只要有一颗慈善的心，形式并不重要。在帮助他人的过程中，我们自己也会感到快乐。“赠人玫瑰，手有余香。”

《塔木德》*上说："与众人为善，声名永存。"犹太商人非常注重做慈善和公益，他们认为给需要的人提供帮助是"富人的责任"。现在中国也有越来越多的有钱人投身于做慈善，希望他们能用心做，做到实处。其实，并不是有钱人才能做慈善，所有的人都可以做符合自己力量的慈善事业，接济穷人已在犹太人中成为一种社会习惯，哪怕是家无三餐的穷苦犹太人，也都保存着一个攒钱的小盒子，准备施舍给比他们更穷的人家。

也许你没有时间带着孩子去做志愿者，但是生活中有很多帮助别人的机会，看到需要帮助的人我们可以尽一份自己的微薄之力。**在帮助他人中收获快乐，同时你的孩子也会在你身上学会帮助他人，愿意帮助他人的孩子就不会那么自私，愿意帮助他人的人也更容易得到别人的尊重和帮助。**

每次做完志愿者，我都特别感动，觉得自己的灵魂得到了升华。有一次我在飞机上睡着了，降落的时候空姐没有把我叫起来，而是打开了我旁边的遮阳板。我睁开眼的一瞬间，一抹阳光映入我的眼帘，我想到了在做志愿者时帮助过的那个拿掉眼睛的小朋友，非常有感触，拿起身边的笔写下了一首诗：

东方红了

东方红了，阳光照在伊敏河路上，渗进病房，落在你苍白的脸上。摸你的手给你力量，抹你的泪为你吟唱。今天过去，明天会比今天强。

---

*《塔木德》：流传330多年的羊皮卷，一本犹太人至死研读的书籍。犹太教口传律法的汇编，仅次于《圣经》的典籍，书中收录了2000多位犹太学者对自己民族、历史、文化、智慧的发掘、思考和提炼，是犹太人生活规范的重要书籍。

你的健康，是我的希望。

阳光跑进病房，问候那紧闭的眼眶。你的渴望流出心房，多少往事让你感伤，而干涸的眼床令我心伤。无奈的你，迷茫。告诉阳光，我在你身旁。你有愿望我来帮忙，给你勇气为你鼓掌。今天过去，明天会比今天强。你的光明，是我的渴望。

阳光潜入病房，拖来了回忆的车辆，漫山遍野的鲜花为你起舞，为你欢畅。你是我的快乐，我的阳光。站起来，和我一起推开窗，满天的金星是那感恩人心灵的眼光。你是我的快乐我的希望。能把一份温馨化作你心中的力量，是我最虔诚的向往，你是我的快乐，我的愿望。

阳光走进病房，给需要帮助的人都送来了温暖，也给了我做中国志愿者的一份荣光！

每个人挑一个有问题的梨

我经常带着孩子们一起去以色列的菜场买菜，说是菜场，其实很像是赶集，当时每个星期只有一次，当地的农民将自己地里的农产品拿到集市上卖。当然现在集市是每天都有的，那时是一周只有一次。因为所有蔬菜、水果都是农民自己种植的，往往重口感而不重品相。到了梨子收获的季节，集市上就有很多农民来卖梨。以色列农民的习惯是在水果上保留一点枝叶，免得水分走掉，影响口感，这么一来，梨上经常会有一些被枝叶戳出来的小洞。

每次带着孩子们去买水果的时候，我总是会要求三个孩子每人挑一个有一点问题但是今天还可以吃的梨。是不是因为不好的梨便宜呢？不是，所有的梨价钱都是一样的。我要求孩子们每人挑一个不好的，挑好给我看过才能去称。而我自己却在挑好的。为什么在可以挑好梨的情况下我会要求孩子们挑不好的呢？孩子们非常不理解，但是在菜场我没有做过多的解释。

晚上削水果吃的时候，我就跟他们讲，首先我们要有利他心理，也就是我们今天讲的雷锋精神。我们用利他思想去教育我们的孩子，如果每个人都挑好的，那么这些有问题的水果给谁吃呢，我们能够帮助别人不是更好吗？我们帮助他解决了三个不好的，其他人再帮忙解决几个不好的，他的不好的水果就少了。

其次，我们一定要敬畏食物，那是水和阳光赋予我们的。以色列人敬畏阳光，节约用水，这些都是阳光和水给予的东西。它并不是不能吃，只是有一点小问题，我们吃了不妨碍我们的健康，却可以帮助别人，妈妈希望你们从小小的水果开始就知道体谅别人。

当孩子们这样做了以后，就有了甜的橘子留给妈妈吃的故事。家里买了橘子，有些甜，有些没有那么甜，孩子们剥开后尝一口是甜的，就留着给我吃。

这件事情之后，我进一步举一反三地说了很多问题。

女儿特别不理解："为什么呀？为什么我要吃颜色不好看的，为什么那边好的不让我吃？"

我说："今天就这样，因为你在我家吃饭，你得听我的话，我这么教育你你就这么听。如果你不想听，你就到隔壁敲敲门，看看他会不会留你吃饭。"

利用这个梨的故事，我又引申出很多问题来教育我的孩子。犹太家长很善于用各种故事来教育自己的孩子，这样的方式比单纯说教的效果好很多。

我跟孩子们说，一个梨长在树上，一点问题也没有。当果农把梨摘下来放在箩筐里的时候，这个和那个一碰，不小心就有了疤痕。我们的人生也是一样，你们将来走入社会，也会碰到各种各样的问题，也希望有人会像我们理解梨一样地理解你。

用一个非常小的水果，可以培养孩子善解人意的品质，也是培养一种好习惯。我会经常强调，聪明的人若是没有好习惯，那是很糟糕的。

好习惯来之不易，来自那双推动摇篮的手。因此，当我们说到那个苹果，那个梨，我们能接受苹果、梨身上的缺点，你身上有很多缺点，妈妈也能接受。到社会上，看到别人身上有一些缺点，你也要接受。

我以最简单的、生活中经常遇见的小事告诉孩子们，人生也像满箩筐的水果，可能会相互碰撞，可能会发生一些问题，我们需要互相理解、互相接纳包容。

当然，我们可能会不小心吃到一个看上去有一点小问题，结果打开里面全烂掉的梨，那我就借这个事情再做一次文章。我说，你看，一个人有点小问题，看不出来，你谅解他了。等到你完全谅解他的时候，你发现他是个杀人犯，这个时候就应该将他绳之以法。

有时一个水果完全坏了，孩子们就会觉得，你看，你理解别人，谅解别人，但是这个水果坏了对我们来说就是一个损失。我觉得没有什么，按照我们中国传统的说法，吃亏是福，吃一堑长一智，吃亏了学到了，学到了就是赚到了。

因为任何学到的东西都是付出了代价的，我们在买苹果的时候买到了一个表面上看上去没有什么里面却是全烂掉的，将来自己交朋友、处朋友也是一样，知人知面不知心。有很多人表面是看不出来的，非常好，但是等到你碰到事情的时候，你会发现这个人品德那么坏。

这件事情以后，孩子们懂事很多。他们凡事都非常善解人意，理解别人，宽容别人，于是他们变得非常豁达。这是我想要的，也是我教育他们的目的。

为什么我会特意讲这个故事，完全是有感而发。

前段时间我去超市买菜，看到一个妈妈带着自己的儿子在挑菜，儿子大概上初中了吧，个子有一米八几，高高大大。他的母亲把一个塑料袋提在手上，然后拿着一把青菜一片一片地择，好的菜放在手上，不好的叶子又扔回去。好好的菜被她翻得一塌糊涂，装在她自己塑料袋里的却是非常整齐水灵的。我走过她身边，看她一眼，没说什么就走了。三五分钟后，我又转回到她身边，她手里的塑料袋装得更满了，儿子还在旁边若无其事跟她说话。我对那位女士说："女士，您是希望您的儿子将来做一个男子汉呢，还是做一个小男人？就您今天的行为，您在这边一片一片地挑，您觉得您能培养出一个有男子汉气概的大男人吗？您觉得您损人利己了，我觉得您损人可一点儿也不利己。您害了您儿子了！如果您一直这样，他永远都不能做一个豁达的人。您要这个菜就把它装在袋子里，请问，这些不要的叶子留给谁呢，谁来吃您扔掉的叶子呢？"

那个女的张口就骂我，我就对她儿子说："你会不会为你妈妈这种损人利己而汗颜呢？你一个大男孩儿，站在你妈妈旁边，她把所有的菜翻得乱七八糟，一片一片地去挑自己想要的。也许是省了几块钱，但是她却给了你一个非常不好的道德品质教育，我希望你远离你妈妈的恶习，这些行为不值得你学。"

男孩头一低，那女人开始骂我，我就走到负责称菜的工作人员身边，我说："我告诉你，她的菜，不准给她称！"那天那个工作人员确实没有给那个女人称。

我一直在想，长久以来，母亲这个词我们都是直接归入名词类，但是不是也可以赋予它动词的属性？因为人的一生中，母亲除了拿来称呼外，更是行为的榜样。为人母者一定要善良，善良的母亲才会培养出好的孩子。

一个是带孩子去买水果，一个是带孩子去买菜，我可以自豪地说，我的行为我的做法比那个母亲高尚百倍。如果她坚持不悔改，继续带着她的儿子在超市这样地精挑细选，我可以肯定地说，我教育出来的孩子会比她的孩子也高尚百倍。

我让孩子去挑有一点瑕疵的水果，培养了他们利他的精神和宽容待人的品质，拥有这样品质的孩子，在社会上不太容易犯罪。他可能没有前卫的思想，但是能够稳扎稳打，非常踏实，会对任何事情给予宽容、理解，而且不会贪小便宜。

现在太多的人觉得自己聪明就贪小便宜，其实不应该贪小便宜，因为往往会因小失大。这么说很多人无法理解。我就举上面的例子，贪小了，失大了。什么大？你把自己的孩子培养成了一个不成器的人。我们每天都在补习，我们花了太多的人力、物力和精力，就希望自己的孩子成才。但是你那双推动摇篮的手不经思考，一心就想着自己的利，反而因小失大。

认真想想我们每个人的行为，当你自己觉得很占便宜的时候，是否真占便宜了？而你占的这点小便宜，却会伤害下一代的公德心和品德，久而久之，没有品德的人将没有品质，就很容易犯错误。等到孩子犯错误的时候，你就会后悔莫及。

我们总是费尽心思想让孩子上最好的学校，受最好的教育。可是，对孩子来说，最好的教育应该是来自生活和父母的。生活环境和父母的行为影响孩子一生。

犹太父母非常重视自己的榜样作用，在孩子面前，他们会时刻注意自己的言行。

犹太拉比*以利亚拉说："作为父母，我们首先要知道的一点是父

---

*拉比：犹太人中的一个特别阶层，是老师也是智者的象征。

母是孩子的一面镜子，我们的一言一行可能对孩子一生产生影响。”家庭教育中一个很重要的原则就是示范性。父母做孩子的榜样，即要求孩子怎样做，家长首先就要怎样做。我国自古以来就倡导“身教重于言教”，强调榜样的力量是无穷的。

想要你的孩子成为什么样的人，你就要先成为这样的人，你就要给孩子营造一个这样的生活环境。美国儿科权威医学博士斯波克说:“孩子是通过观察他们的父母来学习尊重、爱和得体的行为的。”所以我们说，父母才是孩子最好的老师，父母的榜样作用对孩子至关重要。

“欲教子先正其身”，如果你希望自己的孩子成为一个有出息的人，现在开始你就要注意自己的言行，提高自身的修养。我们要时刻记住，孩子在看着我们，模仿我们。

给孩子留自己画的空间

犹太人很注重给孩子空间，但是中国人却习惯把空间填满。

当我们买了一个房子，就开始往里面搬家具，我们的传统习惯是要把房子放满，我曾经去看过隔壁邻居的家，非常整洁，但是满了，满得不能再满，所有的东西在他看来搬进来就是好的。只要略有一点空间，就要想办法塞满。犹太人的传统习惯则不然。空间是发展的，首先是他最原始的需要，床啊椅子之类的。在这样的理念下，孩子的生存也是有空间的，是循序渐进的。

其实在中国传统中，也有对空间的重视，即留白。留白本来是中国山水画中的一种技法，即在作品中留下空白，给人以想象的余地，后被应用到心理学中，指人们在沟通或者人际互动中，如果能够适当地给对方留下一些空间，保持适当的距离，也许会起到意想不到的效果。在人际关系中，与人相处的时候，要给对方留下一个自由和宽松的环境。在做事情的时候，要适当地给对方以喘息的机会，让其有思考、反思的空间。

空间也是东西，我们常说的空间包含了两重意义，一个是指我们所处的空间，一个是我们心里的空间。

有人认为空间不是东西，空间是拿来放东西的。而我认为空间本身就是东西，当它在那里的时候，它就是一个东西，它的名字就叫空间，它在那里，给你留了很大的空间。

犹太人把空间看得很重要。生活当中有空间，比如星期六、星期天是犹太人律法上的空间，这个空间是让你休息，让你遐想，让你反思，让你和自己对话的。我可能是受我父亲的影响，从小就学会自己和自己对话。女儿很小的时候经常自己一个人在家，我给她买了很多芭比娃娃，我让她跟芭比娃娃说话，在和芭比娃娃对话的过程中让自己的思维活跃起来，然后再自己跟自己对话。自己和娃娃对话跟自己和自己对话那是有年龄差异的。现在的我们可以自己和自己对话，比如，你设定一个对象，然后自己和自己对话。孩子是和自己的玩具对话，可以是芭比娃娃，可以是汽车、飞机。我认为人和东西对话，那就是一个空间，因为有空间才能对话，没有空间就不通了，也就无法对话了。

但是，空间的重要性被现今的父母忽视了，在现今父母的眼里，空间是如此渺小，只要有一点点空间，就塞满了。家里的空间填满了，门口的公用通道空间占满了，孩子时间上的空间也全部占满了。

这个把空间塞满的思想说到底还是我们的小农意识比较强。由于长时间的文化脱节，我们很多人还没有完全走入文明社会。我们把空间看得很渺小，我们占用了一切空间，只要有利可图。有时甚至不能说利，而是一种从众、攀比的心理在作祟。比如人家的孩子都去补习了，我们家的孩子如果不去补习就是吃亏了，于是用各种补习把孩子时间上的空间全部占满。

前段时间去参加一个活动，遇到一个教音乐的教授，她跟我说：“沙拉老师，现在中国的小孩思想太复杂太肮脏了。”作为一个教授，同时也是一个家长，却说小孩子思想肮脏，我首先是吃了一惊。然后她告诉我怎么回事：有次她去接读初中的女儿，碰到了女儿的一个同学，她就问那个小女孩：“蓝蓝啊，你现在都在上什么补习班？”小姑娘回答：“我从来不上补习班的，空闲的时间我妈妈就让我玩。我根本不去补习班，那多没意思啊。”她说她当时没往心里去，过了一周，她带着女儿去补习化学，突然发现那个跟她说一天到晚在玩的小姑娘早早地坐在教室里。她跟我讲，这么小小的年纪就说谎，真是太复杂了。我想，那个小姑娘说谎的目的是想让别人不要去补习，我在玩，你也玩吧，大家都不要补习。如果真有人因为听了她的话不去补习，那么她就少了一个竞争对手。

这个孩子吹牛、说谎，这种坏，不是说我偷吃了一个苹果然后说没吃，而是下意识地把说谎的“含金量”提高了。她已经有了完全的利己思想，这种思想很要不得。我问这位教授有什么想法，她说现在的孩子太可怕了。我说主要是现在的孩子受父母的影响是 1 加 1 大于 2 了，变本加厉地还。因为现在学校的竞争非常激烈，同学之间倾轧严重，吹牛的目的是往上爬。她说如今她女儿在美国已经读书两年了，回来跟她说美国的孩子简单多了，在美国，不需要用心机和同学沟通，快乐轻松多了。

我们现在教育遇到的问题是什么？就是分数至上。

昨天碰到我家一个邻居，一个非常优秀的十五六岁的小女孩，到美国去读书了。在她没有去美国读书之前，进电梯看到我，就会头一低。昨天她看到我，热情地打招呼问好。去美国读书以后，她就懂得了跟人沟通。我问她觉得美国教育和中国教育有区别吗，她回答说区别太大了。我追问大到什么程度，她回答说：“在美国，我没有一件事情不感到新鲜，而且在那里的生活很简单，和同学相处不需要用心机，大家都是透明的。当阳光照在身上，感觉总是暖洋洋的。”我们中国很多孩子却无暇去感受阳光，感受大自然的美好。

简单，其实是一个空间的对换，是因为你留了空间，生活才简单。并不是说你把空间堆满了，你的生活就丰富了。因为你觉得长乘以宽成为面积了，我这个家里放满了。当你的生活有长度的时候，宽度是放在心里的，不需要放在桌子上，于是留下了空间。

我再三强调空间的重要性。空间是一个无限的东西,什么都可以放。当你把这个空间填满了，孩子就变成了机器人，或者用各种方式寻找空间，只要一点点时间一丁点儿机会，网络就成了他的空间。而网络是虚拟世界，很容易走向歧途，甚至犯罪。

在以色列，孩子的空间非常多。空间是一个天地，如果说大地是父母的话，空间就是祖宗。

希望各位家长从真正意义上感受到空间的重要性。

我们现在的社会风气是凡事要赶尽杀绝。钱要赚尽,空间要利用尽，只要有一块空地，马上一辆车停进去了。只要有一片空地，马上楼房就盖起来了。只要略有一点空间，违章建筑就往上搭了。一切的空间，都被我们利用了。可以说，中国人大多没有重视空间，或者说没有真正认识到空间的重要性。

买好房子不是以最简单的方式搬进去，而是以最复杂的方式把房间填满，证明我买了这个房子，这其实是一个错误的理念。但是把家里收拾得干干净净，桌子上什么东西都没有，所有的书、文件都放进柜子里也是一种极端。我喜欢把经常要用的东西放在随手可以拿到的地方。

我去过赵启正先生在国务院的办公室，他的桌子上堆满了文件，我从赵启正身上看到的和我自己本人的习惯是吻合的。我习惯于我经常要用的东西能轻易地拿到，而不是全部放进柜子、抽屉里，等到要用的时候再找，因为我每天都要和这些东西打交道，这跟整洁没矛盾。所以我们也不要把空间格式化、极端化。

待人接物，请留有空间。虽然这个可能违背现在经济社会凡事要做到极致的要求。我们把人的生活空间填满了，把所有东西都填满了，然后，没有东西填的时候，我们来填孩子的生活，填孩子的人生，又把孩子的空间填满了。很奇怪，**孩子的人生是属于他自己的，需要你来填吗？我们已经把孩子这张纸画满了，孩子没有空间来自己画了，这是多么可悲的人生。**

在培养孩子的时候，一定要记得给孩子留出空间，犹太人在这一点上的做法很值得我们借鉴。比如在教育孩子要诚实时，犹太父母注重的是培养孩子能够反省自己错误的能力，而不是反复地批评其错误。这比父母或他人指出其错误再督促其改正，效果更好。因为孩子的成长是一个不断犯错、不断改善的过程，每个人都会犯这样或者那样的过失，如果能好好总结、利用失败和过失的经验，其收获是你在任何地方都不可能学到的。犹太人的拉比告诫世人，不要将大人的生气与自责投射到孩子身上，不要在盛怒之下教育孩子，这样容易控制不住打骂他们，造成恶性循环，反而失去教育他们的机会。每个人都会说谎，而孩子说谎很多时候是一种本能的逃避行为，在孩子的潜意识里觉得这件事情这样说父母就不会责备，并不是有意识地说谎，因此家长不必太责备孩子的行为，但要表明自己的态度，给予孩子自己改正的空间。犹太人相信，给孩子留一些空间，适当地给予关心和协助，孩子就会成为自己所期望的那种人。

洗车的意义

三年的兵役，让以华成为模范战士，服完兵役后，我以为他已经长大了，我想他会非常努力地去找工作，会投出自己的求职信。可是没想到他当完兵回到家以后继续把自己锁在家里，没完没了地看从中国带来的《天龙八部》等武打片，看完一遍又一遍，没有任何新的内容，除了晚上偶尔看看电视。在我看来，这个孩子是茫然了，不知道他在关心什么。我推开房门看他，他躺在床上看武打片。吃饭的时候叫他，他也不吃。等大家吃完走了，他再到厨房去吃。一个很健康、很阳光的孩子怎么当完兵以后就变成一个避世的孩子了呢，整天待在家哪儿也不去。一个二十一岁的人了，怎么可以这样呢？用现在的话说，就是“宅男”，变成了啃老族。他不出去，也不愿意跟人沟通，随便你问他什么，都是敷衍了事。这些表现让我非常讨厌，但是作为一个母亲，我又不能用语言去讽刺他、骂他，我自己也低迷了几个星期，希望找到办法帮以华走出迷茫。

有一天我出去经过巴士总站，看到很多年轻人在巴士总站洗车，我发现这群年轻人嘻嘻哈哈的，非常开心。有当地的孩子，也有阿拉伯孩子，但是都很开心。于是我萌发了一个想法，我是不是应该让以华也去洗车？我当时的想法是洗车的过程也许可以帮助他更了解这个社会。他曾经有过做春卷的经历，但是他很少卖春卷，他不像老二那样善于跟人沟通，他不大擅长跟陌生人打交道。

回家以后，我开始给以华做思想工作，动员他出去洗车。他一听到说叫他洗车，马上就跟我讲："什么，我不去！我刚当完兵，为什么还要做洗车这种事情？"我们之间有了比较大的争论，他坚持说不去洗车，最后我说："你已经二十一岁了，不能再在家里白吃白住，你必须付给我饭钱。你不工作的分分秒秒都是在浪费钱，因为时间就是金钱，你把时间浪费掉了！你又不出去找工作，你又不投简历，你又不去做其他力所能及的事情让这个家今天有饭吃。生活需要钱，你可以每天看你的武打片，但是这个一点意义也没有。如果你今天是在学习充电，我也可以接受。但你不是，你是在打发和消磨无意义的时间。"

我们争论了两三天，我把他的录像带都扔下去了，他自己下去捡了回来。我发现这样的争论还是给了孩子一点震撼。然后第三天，我打开他的房门跟他说："以华，你去吧，去洗车吧！这也是我对你的一个要求。你必须接触社会，因为每一件工作都可以让你生辉。洗车虽然是小事，但是在洗车时你可以注意下有没有东西落在车上，有没有哪个零部件有问题，每一份工作都有它的特殊意义。"以华终于答应了，每天一早去洗车。回到家没有明显表示情绪，但总能感觉到一丝不乐意。

看到儿子闷闷不乐，我特意找了个时间开导儿子："儿子，我们今天在以色列不是漂泊，而是移民到了以前自己的故乡，但是你们妈妈的一生有两个故乡，你们也有两个故乡，当你们漂泊到另一个故乡的时候，是为了总有一天不再漂泊。你们要通过各种各样的劳动来让自己的内心变强大。所有的劳动都是光荣的，只要内心足够强大，不管做什么事情，都不会觉得丢脸，都会有所收获。不管在哪里工作，都有一个过程，一个自己和自己对话、洗涤灵魂的过程，如果你能战胜自己，就没有什么好怕的了。”

以色列和中国的教育差距在于，以色列的父母绝对不会在学习上给孩子施压，但是他们会在品德上给孩子施压。他们在孩子的功课上不会有太多意见，而不少中国家长则会跟孩子说：“你不好好学习，考不上大学就去种田吧。”“你功课不好将来就去扫地吧。”……我觉得这些家长举的例子很不好，种田的人、扫地的人有什么错？三百六十行，行行出状元。带着这样的思想，我硬把我的儿子推到了巴士总站去洗车。在洗车的过程中，我偷偷去看过。前几天，以华的脸还是阴沉沉的，回到家也什么都不说。过了几天，好一点。再过几天，又好一点。一个月之后，我收到了劳工部寄给以华的面试信。我把信藏起来了，等以华回到家，我问他洗车感觉怎样，他回答说很好很开心。我非常庆幸我把儿子推到了洗车场，在整个洗车的过程中，他知道了劳动光荣，知道了工作没有贵贱之分，用劳动挣来的每一分钱都值得尊重。以华自己说洗车也洗净了他的灵魂。

我很庆幸我把以华推去洗车，让他洗刷了自己的劳动观。**孩子要树立正确的劳动观，一个爱劳动的孩子才懂得珍惜、懂得敬畏，一个热爱劳动的人一定是一个对社会负责的人，一个知道劳动能换来财富的人可以为社会创造更多财富。**一个不懂劳动、不爱劳动的孩子，家长要想办法培养他的劳动观。劳动的目的并不是赚很多钱，但是必须懂得劳动。感谢劳动净化了以华的灵魂，感谢洗车洗刷了以华的虚荣，让以华真正地树立了劳动观，之后不管在哪里工作，以华都能坦然以对，

▲ 沙拉和大儿子在犹太纪念馆

认真做事。

现在的孩子虚荣心太重。以华当完兵，觉得洗车这个工作不符合他的身份，但是我还是努力地说服他，软硬兼施，把他推到了洗车场。我做到了。

教育孩子成长的每一点每一滴都不是自然形成的。孩子可以自然长大，但是做家长的一定要帮他树立正确的劳动观、价值观等，而这些都需要这双推动摇篮的手去点拨、去付出。小的时候需要付出的是食物，等孩子大了，父母需要付出的是思想。

树立劳动观很有必要，但是却不容易。我想借以华洗车这件事告诉所有的父母，孩子需要我们去说服。

我们现在还有一些家长，自己身上存在虚荣心，喜欢和别人家的孩子对比。

孩子大学毕业去面试，家长会在旁边指手画脚 :“两千块钱，这么少，不要去！”“三千块钱，不去！还不如在家待着！”我们家长经常是以金钱来衡量劳动。当然孩子大学毕业家长希望他有很好的报酬这个想法可以理解，因为家长毕竟花了很多精力和金钱培养自己的孩子，但是我们的家长有没有想过，培养孩子读大学并不是为了自己，而是在为国家为社会培养人才。两千块、三千块都是一个起步，为什么不能接受呢?

中国人和犹太人在这点上有很大的区别。犹太人认为，劳动的钱都是干净的，赚钱的多少跟学历并无直接关系，有很多人大学毕业后去做卡车驾驶员的。大学只是一个教育的程度,一个人思想品位的程度,跟你的工资挂什么钩呢?我们现在又走入了一个误区，就是我是大学生，工资达到多少我才去做，因此现在毕业就失业的现象很多。如果我们把大学生也视为普通劳动者，就不会有那么多麻烦。

一个热爱劳动的孩子是有责任心的孩子，一个光说有责任心却不劳动的孩子是假的责任心，永远也树不起责任心。

我们要从小帮助孩子树立劳动观，而不是只让孩子读书，碗不让孩子洗，地不要孩子扫，衣服也不要孩子洗，所有的家务都自己一手包办。譬如我们家刷墙都是自己刷，是不是我们请不起人?不是！我是为了营造劳动的氛围。这几天我们家的墙正好要刷，我把小孙女贝贝叫过来，我花了点心思架了个小梯子，给她准备好衣服和帽子，让她帮忙刷墙。刷完墙，我会给贝贝一些钱，因为如果找别人刷要花钱，现在贝贝付出了劳动，我就把这个钱给贝贝。我经常在生活中营造一些劳动氛围，创造一些劳动机会，想办法培养孩子的劳动观。

现在不在以色列，我不需要做春卷去卖，但是劳动美德依然不能丢。

幸福的源泉是什么？是辛勤劳动的付出。劳动，在给社会创造价值的同时，也给自己带来心灵上的充实。美国总统林肯说过，悲伤的时候，工作就是良药。不劳动不能享受劳动带来的快乐，也就不能成就幸福的人生。我们如果希望我们的孩子以后能过幸福快乐的人生，就要给孩子树立正确的劳动观，让孩子知道劳动没有贵贱之分，所有的劳动都是光荣的，要享受劳动，享受劳动带来的幸福感。

二、好家规成就好教养

犹太人这样立家规

没有规矩不成方圆，一个人生活在这个世界上，必定要受各种各样规矩的限制。没有原则、不遵守规则的人是最可怕的人。我在跟犹太人的交往中渐渐明白犹太人为什么聪明，为什么那么会赚钱，为什么在许多领域取得辉煌的成就，他们靠的绝不是高智商，而是从小就培养孩子的规则意识。

犹太家庭教育之所以成功率很高，是因为他们很重视从小时候、从小事情给孩子建立家庭规范，比如出门跟家里人打招呼，遇见邻居主动问好，自己的房间自己收拾干净，公用的东西用好后放回原处，遇到需要帮助的人施以援手等。一旦行为被不断强化，就慢慢内化成孩子自身的一种习惯，父母节省了大量的时间和精力，孩子也终身受用。懂规矩是一个人良好素质的表现，也是其未来立足社会的基本素质。**以色列父母对待小孩，往往有两个原则，一是事先约法三章，二是事后毫不妥协。**

有规矩并不等于没主见，关键要把握好原则。犹太人有个流传很广的比喻，他们说在一片草场上，如果羊在栅栏里东奔西跑，吃草玩耍，这叫作活泼，牧羊人没必要干涉。如果羊跳出栅栏，那就是放肆，牧羊人就要履行职责让羊回到栅栏内。这个栅栏就是原则，只要在原则之内，就可以自由活动。坚持原则在家庭教育中非常重要，这不仅关系到孩子良好习惯的养成，也让孩子从小就懂得敬畏规则，而不是处处以我为尊。希望孩子遵守的原则，父母必须先遵守。如果父母首先违背原则，那么其在孩子心中就会失去权威，教育孩子将会一次比一次难。所谓爱之深，责之切，坚持原则、严格要求，正是出于对孩子深切的爱。父母爱孩子的心意无止境，但唯有高品质的父母之爱，才让孩子受益终生。

犹太人有着严格的家规。当孩子呱呱落地的时候，父母已经在遵守传统的契约，跟着规矩走。犹太人的每一个节日都有非常烦琐的、需要遵守的规矩，孩子在这种环境中耳濡目染，他的骨子里养成了一种规范，这是一种自然发展的结果。

在中国，往往刚开始让孩子自由发展，等孩子到了某个年龄段，突然发现孩子太散漫太自我，就说要开始给孩子立规矩，这是一件非常困难的事情。因为每个人都会因为自己家庭的不同、背景的不同、受教育程度的不同和经济状况的不同来决定给孩子什么样的规矩。比如文化人的家庭基本还是出文化人，而艺人的孩子很可能会犯散漫的毛病。他们的父母亲是明星，都忙着自己的事业，没有花时间在孩子身上，没有给孩子好的规矩，因此他们缺失了童年，缺失了父爱和母爱，而导致长大后的散漫。

很多孩子觉得自己十八岁了，应该拥有自由。我在这里要说，这个世界上没有绝对的自由。法律是彰显的道德，道德是隐藏的法律，所以如果孩子们要很多自由，你可以问他："小鸟自由吗？但是它不可能飞出天空。"所以再大的空间给你也是有边际的，在里面也是要遵从一定的规范和规矩的。

我们要跟孩子讲，我们给你树立的规矩是你将来人生道路上一定要走过的障碍物。我们看赛马跳马，古代为什么要跳马，就是要告诉你生活的过程也是一个一个的坎，需要跨越。

那么怎么给孩子立规矩呢？我认为真正的规矩是规范养成的。比如几点到几点小孩是要吃饭的。在婴儿时期，你可以按照食谱来喂，但是一旦孩子有了语言能力，你往往容易被他所左右，然后你不遗余力地跟在他屁股后面转，只为让他开心。这个本末倒置了，后果就是孩子无法无天。

真要让孩子养成良好的习惯，首先从自觉开始。**自觉是父母在人生当中慢慢传递给孩子的，当你一点一点地传递给他，他慢慢就有了一个自觉的习惯，自觉的习惯会让他受益一生、愉悦一生。**

如果你一味做"拖拉机"，孩子的自觉就没有空间来展示。他就不是他自己了，而是你的附属品。随着社会发展，手机、电脑都成了一种工具，但是现在很多孩子把这种工具变成了一种玩具，而且家长还得意扬扬地把这些作为工具给孩子用，这非常不合理，也很可怕。

培养孩子的习惯从哪儿开始呢？我觉得是从生活开始，从点滴开始。看上去很平凡的东西事实上却是孩子的规范行为，比如早上到时间要很高兴地起床，看着朝霞，开心地迎接新的一天。睁开眼睛跟爸爸妈妈问好，跟美好的一天问好。而不是你叫他起床，他睁开眼睛哇哇大叫，赖在床上不肯起来。我一直认为孩子幼小的心灵有着对美的感受，当清晨的一抹阳光照进窗户的时候，孩子睁开双眼的第一感觉应该是今天真好，阳光真好，爸爸妈妈真好。

很多家长跟我说早上叫孩子起床犹如打仗，怎么会有好心情？其实那是你们自己的问题，你们的方式方法不对。比如我们家贝贝如果哪一天晚上睡得很晚，第二天早上如果我在儿子家，我就会坐到她的床边，开着非常小声的音乐，比如“太阳光金亮亮，雄鸡唱三唱……”然后我会轻轻地跟她说：“贝贝，你看看，太阳都晒到屁股了，早晨真好。”对孩子，我们需要引导。**我喜欢用一些很美的语言来跟孩子对话，即使是催他们起床，我也会尽量充满诗意地表达，让他们从我的话语中感受到生活的美好。**

做父母的，你对自己的子女一定要具有引导力，孩子才会随着你健康的思路慢慢养成良好的习惯。

犹太人给孩子立规矩和对规矩的遵守，让我受益匪浅。这里想讲一讲我的一个以色列朋友的教子故事，这个故事我在上一本书也说过，这里再拿出来讲，是因为这个妈妈的做法让我很受启发。有一天，孩子问她：“我想到同学家里去玩，可以吗？”我朋友说：“可以，但必须在中午十二点前回来。”可那天孩子比预定的时间晚了一个小时才到家。朋友见孩子回来了，什么也没说。孩子不紧不慢地换衣服，然后吃饭，等吃完饭出来，孩子说：“妈妈我们现在去看电影吧。”因为每到周二他们家都会一起去看电影。这时，朋友指了指墙上的钟，说：“今天来不及了，电影是看不成了。”看着孩子很懊恼，我朋友说了一句十分惋惜而又耐人寻味的话：“这真遗憾！”

面对孩子缺乏自控能力的拖沓，我这位朋友没有唠叨，没有指责，只说了寥寥几个字，也未采取其他任何处罚手段，却使孩子明白了一个简单的道理：不讲规则，不懂得守时是要付出代价的。

现在主张对孩子进行启发式教育，我觉得有道理，但是我也相信孩子需要管教，需要规矩。孩子越小的时候，越需要这些所谓的规矩，但随着孩子一天天长大，父母要学着信任孩子。违规要惩罚，但规矩要越少越好，而且孩子越大，规矩要越少。

我们家到底有多少规矩？其实我都想不出太多，可能不会超过三四件事。比如说，出门对家里人打招呼，他们出去之前我们会先定好回家时间；要有礼貌，遇见邻居要主动问好；自己的房间要收拾干净，吃完饭要把碗拿到厨房；家里公用的东西有固定位置，用后最好归位；一家人看电视某人有自己的爱好，应协调安排。男孩的自我控制能力较弱，有的已经改正的坏习惯还可能再犯。像喝酒、吸毒、赌博、打人等较为严重的，我觉得这不属于立规矩的范畴，而是属于应该禁止的事情，孩子们也懂得这是不可以做的，所以我们不需要反复强调。另外，我也不会因为他们违反了规矩，就马上处罚他们，偶尔忘一次就处罚也太严厉了。所以前提要讲清楚，违背规矩之后先提醒，先给孩子自我反省的时间和空间，多次提醒没用之后，才会考虑处罚。

提醒也需要技巧。

犹太人特别喜欢在游戏中给孩子立规矩、让孩子学家规，这样既可以维护亲子关系，又可以保护孩子的自尊心。受到犹太人的启发，我也学着在游戏中给孩子立规矩，发现效果比训斥孩子好很多。辉辉吃饭的故事我讲多少次都忍不住笑，这件事情也让我明白给孩子立规矩并不需要针锋相对，在开心的氛围中也可以巧妙地立下规矩。

以色列的天气特别热，客厅的地都是铺着大理石的。二儿子辉辉最喜欢趴在地上吃饭，一是因为凉快，二是因为我们家客厅里的电视摆放得比较低，他趴在地上一边吃饭一边看，也比较方便。有时，地上也摆着书，他一边趴着看书一边吃饭。“辉辉，不要趴在地上吃饭。”我一遍又一遍耐心地跟他说。“好的，知道啦。”辉辉回复的态度很好，但是，趁我不注意，他又趴在地上吃饭了。

我说了几次，就是不起作用，辉辉每天还是怡然自得地趴在地上吃饭。看到辉辉屡教不改的样子，我想出了一个办法来“治理”他。我对大儿子以华说：“以华，你看你弟弟又趴在地上吃饭了，你把他吃饭的样子画出来，让他看看好不好看。”

以华遗传了我画画的天赋，他的漫画画得非常好，三下五除二，他就把弟弟辉辉趴在地上吃饭的样子勾勒出来了。“辉辉，你看，你自己看看。”“啊，怎么像条小狗啊？不可能，一定是哥哥把我丑化了！”辉辉死不认账。

看到辉辉不相信自己在画中的形象，我又心生一计。我把家里的照相机取出来，趁着辉辉聚精会神地趴在地上，一边吃饭一边看书，我咔嚓咔嚓几下子就把他的形象摄进镜头里。

照片取回来后，在“辉辉吃饭现形记”面前，辉辉一下子耷拉下了脑袋。“我怎么像条狗啊？”辉辉耷拉着脑袋，有点懊恼。虽然辉辉很喜欢他那条叫菲菲的小狗，但是他自己好像并不想变成狗的样子。从那以后，辉辉再也不趴在地上吃饭了。

在为孩子立规矩的过程中，崇尚严格外加棍棒的教育方式，表面上看也许很见效，孩子显得很规矩，很服帖。然而父母过激的言行，可能会在孩子心中留下抹不去的阴影和伤害，甚至会影响孩子的一生，你和孩子的亲子关系也会受到极大的影响。

真正有智慧的父母会掌握立规矩的艺术，在生活的一点一滴中影响孩子，给孩子树立规范。在轻松的氛围中，在游戏中给孩子立规矩，而不是强制性的，把你和孩子的关系弄得剑拔弩张，让孩子对你、对你的要求产生逆反心理。

难产的蛋糕

女儿要吃蛋糕,因为她今天身体不好,不舒服。你觉得她吃不下饭,那好吧,咱们就满足下她的愿望吧。于是你去买了一个小蛋糕。她吃了,觉得挺好。 过了一个星期,女儿又不肯吃饭了。这时你觉得……哎?孩子上星期不是说想吃蛋糕吗?行,我再给你买个蛋糕吧!

记住,这个蛋糕不是她主动要求的。这一点非常重要——不是孩子主动要求,而是你自己决定给她买蛋糕的。买完了,她又吃了。

过了两天,你们出去逛街,孩子在路边的水果摊上看见榴梿了。她说:“妈妈,我要吃榴梿!”于是你给她买了榴梿。过了一会儿,她又看见苹果了,她要求吃苹果,你又买苹果给她。所有她看见、她想要吃的,你都买给她了。请问你还有什么东西可以不满足她的呢?

没有了。她已经没有想要的东西了,所有她想要的,你都给她了。

这种行为会带来什么后果呢?我认为这很危险。当孩子习惯了这种生活后,她的心态就会改变。有一天孩子主动跟我讲:“今天我不想吃饭，我想吃蛋糕。”那是已经习惯了随心所欲的孩子，由于你之前的无原则妥协，现在你就没办法选择一个适当理由拒绝她。于是我跟女儿讲:“那好吧。”起身做出要去买蛋糕的样子，走到蛋糕店门口的时候，我一摸口袋：“哎呀，该死，没带钱。”小孩一听，非常沮丧。可是没带钱就是没带钱，因为平时你一直满足她，她也相信你这次是真没带钱，虽然挺不开心的，但也无可奈何地回去了。

小孩子有个很奇怪的特点：你顺其自然给她的东西，她不一定觉得这个东西有什么不得了，但是你一旦不给她，她立刻觉得那个东西是好的。过了没几天，她又来跟你折腾，继续讨论这个蛋糕的问题。没有办法，我只好带她出去，快到门口的时候，哎，我开始装病——胃也疼了，头也晕了，哪里都不舒服。我告诉孩子:妈妈愿意给你买蛋糕，妈妈也特别想跟你一起分享——你吃蛋糕，我也想吃啊，可这会儿妈妈吃不下去，你可不可以等一等呢？等妈妈胃好一点了，不觉得难受时我们再吃？

不要小看这一分钟，你就在这一分钟培养孩子学习了“等待”，培养了孩子学会“关爱”“体谅”，这些复杂的概念她也许在书本上早就读过，但在这一分钟，她才开始真正理解这些概念的意思。她开始学习如何在等待中成长。**学会在每一分钟、每一刻，都做适当的事情、讲适当的话，孩子在自己逐渐长大的等待中学会了等待，学会了忍耐——等待和忍耐是两码事，但只有学会等待，你才会学会忍耐。**你得有耐心，才会平静下来，我们这个社会才会好起来，我们这个社会太浮躁、太急功近利了。

没过多久，小朋友觉得这个蛋糕的事还没有解决，不行！你怎么老没让我吃着呢？于是她提出来：“你这个蛋糕为什么那么难产呢？”在以色列，小朋友们经常看得到小猫小狗产仔，“难产”是一个常用的说法，她也学会了这个风趣的比喻，问我为什么这个蛋糕“难产”了。我跟她说：“宝贝，今天家里那么多人，我是不是可以跟你借一步说话呢？”她说：“什么叫借一步呢？”我说：“你跟着我下去，我告诉你什么是借一步。”于是我们出门，下了楼梯，我们家前面就是一个小花园。我们站在小花园里，女儿自己领悟到了：“哦，妈妈，借一个地方是不是就叫借一步说话啊？”我说：“差不多，但是‘借一步说话’是一个比较传统的中国的表达方式。上流社会的人或者是一些带有江湖习气的人在需要进行沟通的时候，会说‘借一步说话’。”

“好了，我们现在已经借到地方了。那么您说，为什么不让我吃蛋糕？”我语重心长地跟她讲：“每个人的一生都会有很多路要走，这些路当中会有很多的节日，也会有很多的苦难。我们走过的每一步路，都会留下美好回忆。你知道我为什么不给你买蛋糕吗？因为下个星期就是你的生日。妈妈希望你在学会等待的过程中，能够获得一份喜悦。一个蛋糕妈妈可以买给你，但将来你早晚要面对整个社会。这个社会就像一块大蛋糕，但这个蛋糕，却不是妈妈用钱可以去买的。因为对妈妈来说，你是我的唯一，可是你并不是这个社会的唯一。如果把这个社会比作一个蛋糕的话，它是不可以也不可能由你来分割的。你得学会等待，在等待的过程当中，你会学到，想得到一份蛋糕需要努力付出，需要日复一日月复一月年复一年的努力。每一天都要付出，每一天都不是白过的，因为每一天都会有各种各样的新鲜事儿发生。你在那些新鲜事儿当中长大，学习着应付不同的突发情况，就像是慢慢分到了一小块又一小块的蛋糕。社会这块蛋糕渐渐由一小块变成一个完整的圆蛋糕。等到下个星期的今天，我会陪着你一起去蛋糕店挑你最喜欢的蛋糕。你愿意跟谁分享都能做到。”

在教育孩子的过程中，我认为有一个词特别重要——“教养”。

▲ 沙拉和小女儿妹妹

不管是在中国还是在以色列，我永远认为“教养”是个非常重要的关键词，英文中“教养”为manner，manner这个词含义丰富，但我认为，它最核心的部分是利他精神。

在我们中国，大家倡导学习的雷锋精神，在资本主义国家的对应思想就是利他精神。在以色列，利他思想可以通过各种各样的方式得到表达，被很好地保存和传承了下来。

那么，我们怎么让孩子有意识地注意自己的教养呢？

我们应该给孩子一个“约定思想”。

通常情况下，我们会默认“约定”的前提基本是存在于企业之间，以合同的形式出现的，至少，这也是存在于两个心智成熟的成年人之间的契约，其实“约定”的含义远远不止于此。当一个孩子呱呱落地的时候，他和你已经有了一个约定：这辈子他永远是你的孩子，你永远是他的妈妈。

我曾经听过一些妙论，说“约定的事情也可以改变”，但我觉得我们的约定思想是不可以随潮流而改变的。与孩子的约定是一成不变的，只要宇宙不变，我们与孩子的约定就不可改变。当你的孩子出生，你作为他的父母，就该帮助孩子认识约定思想的内涵，当一个孩子呱呱落地时，你就要考虑，如何将这个约定思想延伸得更好。

我曾多次说过，我们现在对子女的无限量满足，已经使得他们失去了理想和追求——没有什么东西是他们渴望和需要的了！这是一件非常非常可悲的事情。如果一个人没有了欲望，试问这个世界对他还有多少意义呢？他什么都不需要了，对什么都不感兴趣，这个世界对他已经没有吸引力了。当然，我在这里不是讲成熟的人，成熟的人对自己和世界都有一定的认识，太多的欲望反而不好，我指的是孩子们，他们一定要对未知的世界抱有好奇、欲望，对世界有自己的想法。但是我们没有帮他们做到这一点，我们已经超前、超量满足了他们的欲望，这种纵容已经到了无法收拾的地步。

很多家长对我说：“沙拉老师，你说你对自己的子女实行‘有偿机制’，主张‘适当满足’孩子们的欲望，这是因地制宜吧？在以色列战乱频繁的前提下，生活困难才会这样做吧？”我举蛋糕这个生活中的例子，就是想告诉天下父母，这是每个人都可以做到，而且应该做到的。只有让孩子在等待中消磨掉他的急功近利，除掉这种“我这一刻想吃到我就一定要吃到”的强烈的自我欲望，他才会在未来的成长中顺利成长。从蛋糕这件事情上，我给了女儿一个非常好的教育——不是你喜欢什么东西你就一定能得到。因为这个社会不是妈妈，你的老板也不是妈妈。今天你想要什么我就给你什么，明天你想要什么，社会会给你吗？你对老板说我想做这个不想做那个，老板会答应你吗？社会和老板可都不是你的父母啊。

因此，培养孩子在适当不满足的情况下慢慢长大，是我们做父母的应该尽到的责任。现在很多人说教育病了，学校病了，我想要说，请大家扪心自问，难道我们的家长就都没有病吗？我们自己才真的是病在起跑线上。我们不知道如何面对三重压力叠加的孩子——他们必须面对学校的正规教育，即所谓应试教育；他们在家要接受比较传统的教育，包括亲情教育、礼数教育、民族教育；在社会上，他们却面临着传统文化和正规文化所不能影响到的巨大力量的熏陶，也就是流行文化的教育，这种力量绝不是传统和正统教育所能抵挡的。这三方面的作用撞在一起，我们的家长无法驾驭，他们或者把压力转到孩子身上，或者做螳臂当车式的努力，试图以一己之力为孩子一路保驾护航，在这样的大环境下，我们的孩子早就没有了快乐。

怎么样才能让我们的孩子找到快乐呢？说实话，我无法改变制度，我也没有办法改变教育大纲，在千军万马过独木桥这个过程中，高考制度是相对而言比较公平的制度 ，不管是穷人还是富人家的小孩都得过这关。但是我们过多地拔高了应试教育，完全忘记了老祖宗留给我们的“三百六十行，行行出状元”的箴言，一味地将对未来的希望寄托在“受教育”这件事上，就显得愚昧了。家长们总觉得我们孩子大学都读完了，怎么会没工作呢？我们家孩子读了硕士、博士，读完怎么还做啃老族呢？我们孩子受了那么多高等教育，怎么没个好工作呢？我们对一纸文凭赋予了太多的理想、太多的希望，完全忘记了好的孩子是这双推动摇篮的手，是家长用自己最传统的教育方式培养出来的，绝不是早教或是教育机构能够批量生产的。我举了我女儿和蛋糕的故事，就是要提醒家长朋友们，做事情请动脑筋，该狠下心的时候必须狠下心来，决不要让自己一时的软弱和溺爱毁了孩子的一生。

要知道，并不是你给了孩子所有他需要的一切，他就会快乐。很多时候，轻而易举得到的东西大家反而不会去珍惜，而是经过等待才知道其价值。每次带孩子出去的时候，不妨先跟孩子做个小小的约定，把今天出去要遵守的规则以约定的形式告诉他。先从遵守小小的约定开始，到后来大的约定也就能好好遵守了。

怎样教孩子抵制诱惑

生活在这个世界上，无时无刻不存在着诱惑。对男孩来说，赌和性是巨大的诱惑。对女孩来说，美丽的饰品和服装以及爱更具有诱惑力。

身为父母，如果发现孩子接触了性信息，最好的处理方式是点到为止，不宜多问，保护孩子的自尊心。给孩子一个台阶，让其自己领悟，避免难堪。然后，寻找适当的时机、选择适宜的方式，对孩子进行教育。

儿子们每次听到有家长偷看孩子日记、跟踪孩子的故事，都会跟我说起他们偷看儿童不宜电影被我发现，我却没有当面指责他们的事，孩子们说，正是因为妈妈给了他们信任和空间，他们才会自觉远离那些电影。

故事是这样的：在以色列的时候，每到周末，我们一家人就会围坐在一起看电影。以色列的电影是不收费的，但是星期五晚上十二点以后会播放一些儿童不宜收看的电影，当然这些电影也是不收费的。

有一个星期五的晚上，十二点多了，我迷迷糊糊地躺在床上，隐隐约约觉得客厅里传出的声音不对劲。我们的房门是往外推的，我下床一推门，就听见啪的一声，客厅里的电视机关掉了。我一想，我干脆也别出去了，就站在门口，我感觉到，孩子们在听我有没有进客厅里来。

我没有走出房门，而是站在了门后边，我给了儿子们最大的空间，因为他们已经步入了青春期。

后来，每到星期五的晚上，我在十二点以前都会洗漱睡觉，但是再也没有任何声音，或者任何光线从门缝里传进来。

通过这件事，我也明白了对孩子们来说敏感的问题最好不要当面给孩子难堪，以迂回的方式也许更能取得效果。

以华在中餐馆打工的时候，休息日，工人问我可不可以和以华去城里玩。我说当然可以，于是以华就带着两个厨房的工人去特拉维夫。后来我发现每个星期他们都去，而且不打招呼他们就去了。有一天，我正好从中国回来，儿子见到我回来，什么都没问，就说要到特拉维夫去。我说我刚回来,你干吗就要走？他说有事。我说你有事你就去吧。晚上他回来,我问他出去什么事,他又说没事。我说你出去跟我说有事，回来问你什么事你又说没事，这就说明肯定有事。在有事和没事之间，我马上找到了让他出去的兴奋点，那是一种诱惑。什么诱惑？性的诱惑。我没有逼他,我就问他,你是不是陪他们去风俗场所了？他不言语。我说："你知道妈妈是什么人吗？其实我早就发现你已经染上了去风俗场所的习惯，妈妈感觉到了。我刚回来都没留住你，问问我上海之行发生了什么，有没有什么新鲜的事情。儿子，你的兴奋点转移了。"

当孩子兴奋点转移的时候，你就能明确地感受到他已经受到了性的诱惑，而且这个性的诱惑你是很难把他扭转过来的。作为母亲，首先，我们不要伤到孩子的自尊心。不是所有应该讲的话都要在那个时候全部说出来的，不是所有应该做的事情都要在那个时刻做，请给孩子留有空间。你点到为止，跟他说你都做了些什么我一清二楚。

然后我就去找那些中国工人，叫他们跟我说实话，跟我儿子出去都做了什么。然后他们说他们去风俗场所了。他们说第一次我儿子是坐在门口等他们，但是那些妓女出来拉他，他那个时候还很小，才十六岁，没能抵挡得住诱惑，也进去了。这证明男孩子是经不起诱惑的，他们心里的底线在诱惑面前很容易被突破。我跟工人说："你们如果再跟我儿子出去，你们就不要在我这里做了。"对工人而言，休息的时间太无聊了，他们没有太多的文化生活，于是每个星期跑一次风俗场所就成了他们生活的必需品。我的儿子就很自然地给他们做了翻译和向导。但是到了风俗场所那些女人怎么会轻易放过我儿子呢？风俗场所的女孩子要的是钱。我跟工人们说了，工人们听了说："是的，每一次去，出来觉得一点意思也没有，那个钱花得莫名其妙。"然后跟我讲以后再也不去了，也不带我儿子去了。后来我儿子会主动问他们去不去，我的工人说不去了，再带你去你妈妈会开除我们的。

我是从旁边给儿子一个警示，你的事情妈妈知道。在孩子心里面这本就不是一件很光彩的事情，在母亲知道以后，他会觉得更不光彩，心里面多少会有点压力。

同时我自己也在找自己的原因，是不是对他关心不够。但是孩子长大了，有些东西不是我对他们足够关心就能让他们满足的。我就联想到现在社会上很多老人，子女对他们非常好，几乎可以说照顾得无微不至，但是父亲还是跟保姆结婚了。很多人不能理解这种情况，但是我很能理解。因为子女对父母的付出从道义上来讲是一种孝道，是子女对父母情感的关怀，但是做子女的没有办法给父亲肌肤上的关怀。

不管保姆是不是处心积虑、别有用心，对老人而言，这一刻，他都得到了心灵的慰藉。他情愿改变遗嘱，而不是把钱留给那个对自己一辈子关心爱护的孩子。比如我养了我的儿子二十年，现在我的儿子可能要养我四十年，照这样来讲，是不是我的财产就应该留给我的儿子呢？不是的。人是有情感的动物，任何情感都超不过肌肤的情感。这种情感是不理智的，但却是合理的。

我不是心理专家，但是我活了这么多年，走过了四十八个国家，将所到之处我所看到的、我所听到的总结下来，即父母对子女的养育是一种天职，子女对父母的关怀是一种责任，然后人还是要回归到自己，还是要靠自己生活，人还是有自己的欲望。人在自己的欲望中生活，子女所给予的关心、帮助远远不如肌肤上所能带来的深入。因此产生了很多老年人和保姆结婚的情况。当然这也是社会发展的产物，如果是在几十年前，保姆怎么可能和爸爸结婚呢？如果妈妈没有了，爸爸基本上是自己一个人孤孤单单地走到头。社会的文明进步才使那些老人有了年轻时候没有办法想象的这种想法。

一个八十多岁的老人娶了一个二十多岁的保姆，把万贯家财留给了保姆。这一刻，所谓的道德在保姆身上是没有的，这就是我们所说的“我拿青春赌明天”。所以我不会用这样的例子去指责我的孩子，我觉得肌肤的东西做父母的给不了，就希望他能健康地慢慢成长。人有成长过程，绝对不要以为儿子去一次风俗场所就是洪水猛兽。这是很正常的过程，但是要让他明白这是不正常的行为。

在以色列，男孩子去风俗场所很正常，因为我的思想很开放，所以我觉得很正常。但是在我的心灵深处，我又觉得不那么正常。那么怎样在正常和不正常之间将孩子扭转呢？于是你就需要重新去发现他的兴奋点。比如以华，他很喜欢画画，他画了很多生活中奇奇怪怪的小动作，惟妙惟肖。于是，我就在儿子画的画旁边给他配诗，让生活富有文化气息，让大家尽量在语言文化的魅力中再一次感受到生活的美满。你不用不时跟他唠叨“你不要到风俗场所去，容易得病”，而是旁敲侧击“这些人得艾滋病都是在风俗场所染上的，真要命，怪不得犹太人上风俗场所都会带着避孕套”。犹太父母都喜欢在自己孩子的皮夹子里面放个避孕套。

孩子很敏感的东西你不要一语道破，也不要一直唠叨，要巧妙地让他知道你的态度。什么话说一遍他听进去了，说两遍已经是极限了，千万不要说第三遍。因为说一遍说两遍他没有听进去，说第三遍他同样不会听。如果说第一遍他听进去了，你还一直不停地说，他会把听进去的也抹掉。没有意义，千万不要唠叨。

当以华去风俗场所的事情发生时，我的解决办法就是从外围消灭这些机会，培养孩子找到自己的兴奋点，让他自然而然地远离诱惑。

人生中会有各种各样的诱惑，我们要做的是增强自制力，守住底线。

前不久，儿子辉辉公司的钻石被一个员工的同学偷走一颗。员工从厂里拿出一大包钻石，里面有一颗三克拉的，价值七十万，拿出来给同学看，看完又放回去，可带回厂一看，那颗三克拉的没有了。显然，面对钻石的诱惑，他的同学没能守住底线。

抵制诱惑很难。如果今天是十万块钱放在面前，我会无动于衷。一百万放在面前，我也许会犹豫一下，不过最后还是会放弃。但是如果是一千万，一颗钻石值一千万，这个一千万是没有主人的，我也很难保证自己会拿出来。这不等于我做了一万件善事，这一颗钻石我一定要拿出来，因为这一颗价值过高，它打破了我的底线，这个是人之常情。所以说做一个绝对有修养、绝对有教养、绝对大公无私、绝对没有私念的人很难很难，我们只能培养自己的孩子做一个不危害社会、积极向上的孩子。

我们要相信别人，但是我们也要保护好自己，我一直在跟我的孩子们讲。我的女儿也发生过这样的事情。有一次她回国，跟朋友去酒吧喝酒，她戴了一个一克拉的钻戒，可能是因为酒洒在了手上，她就去洗手，洗好手就把戒指拿下来放在包里，然后抹护手霜，抹完后没有再把戒指戴回去。等她回到家，发现那个戒指没有了。跟她在一起的都是她的朋友，但是我相信戒指一定是其中的一个人拿的。真有这么多朋友吗？不是的，在利益的诱惑面前朋友变得很渺小。友谊在金钱面前会顷刻土崩瓦解。再好的朋友、同学，虽然有友谊的基础，但是在物质面前都很容易变质。

我们教育孩子要抵制各种诱惑，也要让他们知道，还有很多意志力薄弱的人抵挡不住诱惑，这个时候我们也得防着。

以生命的重量压制孩子碰毒

我曾经要求过我的孩子一辈子不能吸毒。我们家邻居就有吸毒的，因为他们很多是开长途汽车的，需要找一种方式解压。

那是一个安息日*的晚上，房间里点着蜡烛，我语重心长地跟孩子们说：“今天是安息日，我有件事情必须要跟你们交代清楚。你们的一生可以上风俗场所，也可以赌，因为这个环境是这样的，有夜店也有赌场，这些地方可以偶尔去下，对我来说都不是底线。我的底线是你们不可以吸毒。如果你们吸毒，被我知道的话，我就会结束自己的生命。”我觉得我的话镇住了我的孩子们。

联系到现在社会广泛存在的吸毒现象，特别是大学生吸毒，我觉得这个毒品的危害骇人听闻，我们在新闻里也看到了太多的例子，所以在这里我要特别讲一讲毒品。

---

*安息日：犹太历每周的第七日（自星期五日落至星期六日落）。犹太人谨守安息日为圣日，不能工作。

在以色列吸毒非常厉害，巴士总站经常有人兜售毒品。有一位当地领导的孩子，因为吸毒过量死了。这个孩子的母亲并没有因为面子问题把这件事隐瞒起来，而是不停地奔波于警察局、教育局、巴士总站、社会团体，现身说法，首先说了父母因为工作繁忙忽视了对孩子的关心，因为荣誉一直没有把孩子吸毒的事扩大，现在孩子因为吸毒死了，她不愿意看到更多的孩子因为同样的原因走上不归路。这个母亲在电视媒体、公众场合呼吁重视孩子吸毒的问题。这件事情震撼了很多母亲，震撼了很多家庭，也震撼了我——曾经对犹太人社区中不好的一面不感兴趣的我。

这位犹太母亲敢于揭露社会的黑暗面，明知自己的孩子已经无法救活了，但是她还是站出来现身说法，希望更多的孩子不要死。她把自己的泪、自己的伤心，化作一种宣传，让更多的父母注意自己的子女，注意这个社会。这是一种大爱，她不是单单爱自己的孩子，她关心的是和自己的孩子一样的孩子，她希望用自己家的不幸遭遇唤醒、挽救更多的孩子，希望所有人都吸取这个教训。这是一个拥有大爱的真正的母亲。

这个事情发生以后，我也有很长时间在反思。人的一生有一些东西是不能去碰的，这个道理我明白，但是要怎么让好奇心旺盛的孩子们也明白呢？

针对风俗场所事件，我想出来的办法是不让员工休息，我给员工加班费，让这些工人协助我整整一个月不休息。其实我这么做的目的是希望儿子打消去风俗场所的念头。但是在那段时间，儿子比工人起劲，一大早就穿好衣服等着看工人当天是不是休息，结果一看，工人大叔没有出来，加班去了，很失望，坐立不安，在店里转来转去。三四十岁的工人是有自控力的，但是以华当时才十六七岁，没有自控力，也没有太多见识，觉得那就是最好玩的地方，非常想去。

这个时候我作为一个母亲，是不是管、教、骂就对他有用呢？不是的。我就要动脑筋想办法，我想出的办法就是让工人不要去，他自然也就不去了，因为他还没有自己一个人去的胆量。

吸毒和逛夜店是一样的，都是不能自控的东西，很容易上瘾。

赌钱，因为五十块钱拿出去很快就能变成一百块钱，孩子便认为这是快速致富的方法，而实际上这是不劳而获的思想，不劳而获的思想是一个人与生俱来的，好赌是男孩子的天性。

以华曾经在赌博的小摊上扔下五十块钱，从那时起，我已经在密切关注男孩子身上会发生些什么事情。后来事实证明，我并非杞人忧天，他们还会上风俗场所。于是我下定决心，在一个安息日的晚上跟他们申明我对吸毒的态度。那天晚上窗外下着雨，但是我还是把家里布置得很温馨。吃完饭一家人聊了会儿天，我把两个儿子叫到跟前，郑重其事地跟他们讲："如果吸毒，就等着妈妈死。"

对于吸毒，做父母的一定要表明自己的态度。这位母亲的大爱敲响了我的警钟，我本来没有绷得很紧的弦一下子绷紧了。我觉得这是一件零容忍的事情，并且从一开始就是。我从来没有用过零容忍的口吻，我一直认为我们在跟孩子相处的过程中不是要说服孩子，让自己的孩子听话，而是要和孩子对话。能对上话，孩子才可能被你说服，听你的话。但是在吸毒这件事情上，我第一次用了零容忍的口吻，在我儿子面前立了一个誓。犹太人有十诫，这十诫是生活的底线，如果你不过这个底线，你的生活不一定很灿烂，但是会很平稳；如果过了这个底线，你的生活就会很麻烦。我跟儿子们说："今天，我在十诫的前面再补充一诫放在最前面，那就是不准吸毒。如果你们要吸毒、碰毒，那很简单，就两件事情：一是你们现在就进厨房，拿一把刀把我杀

㊟沙拉参加演讲活动

了；还有就是我知道你们吸毒了,我会自己结束自己的生命。”对着蜡烛，我这样宣誓，两个儿子看着我，永远记住了。

我不会在他们上风俗场所的时候大吵大闹，因为我要把力量放在最重要的时候发挥。大家都知道《狼来了》这个故事，放羊娃一直骗大家说狼来了，后来狼真的来了，却没有人相信他。我们如果对孩子有太多的要求，等狼真的来了的时候，孩子已经不以为意了。儿子们到如今都是腰缠万贯，非常成功，但在毒品问题上，我完全不用担心，因为我知道他们不会碰毒品，我在他们还小的时候就对毒品不能碰这件事表明了立场。我不用跟他们说什么毒品会摧毁一个家，不用跟他们说毒品对身体和生命的巨大危害，我只是跟他们说如果碰毒品母亲就没有了。毒品和母亲联系在一起，儿子自己心中会权衡到底什么重要，他们觉得妈妈比毒品更重要。我用最简单的方法给了他们威慑。我不需要像现在这样大张旗鼓地宣传毒品的危害，我希望借助这本书告诉还没有吸毒的孩子们的父母，毒品并不可怕，关键是做父母的怎样疏通、教育、引导，因为只有这样孩子们才能明白毒品的危害，才能抵挡毒品的诱惑。一个人不可能一开始就有毒瘾，一定有很多兴奋点，只是父母可能没发现，在这里也要敬请家长努力地去发现孩子的兴奋点，去看看这些孩子关心的是什么。

我最近在东方医院做志愿者，看到好几个二十多岁的女孩子去堕胎。她们很多人都是一个人去的，自始至终没有人来瞧过一眼，父母没有来，胎儿的父亲也没有来，聊天之后发现很多都是一夜情的后果。我看到这个情况心疼得不得了，给了她们一点小钱。我的心冰到极点，我们的社会这样大肆宣传要保护自己，但是孩子们依然还是把男欢女爱的事情看得太简单了。孩子们把毒品也看得太简单了。我们的敬畏教育丢失了。

什么事情可以做，什么事情不可以做，我相信学校也在教育，但是为什么没有成果呢？这些事情并没有少教育，为什么并没有成果呢？我个人认为是因为教育方法不对。我们的教育主张人性化，我们经常会用一种倾向掩盖住另一种倾向，当我们用自由、博爱和平等掩盖了小孩子还不懂自由、博爱和平等的真正意义是什么的时候，家长、学校过早地放手了。

我所指的放手教育是指孩子在人格已经独立、理念已经成熟的基础上，但并没有说要放弃教育。

我也放手教育了，以色列也放手教育了，但是在中国孩子身上发生的一些问题在以色列孩子身上很少出现。原因就是中国的很多问题是想学国外的先进经验，却往往流于表面。

在孩子还没有明确的是非观，还很容易在各种诱惑面前不能自持的时候，做家长的一定要帮孩子把握好底线，要态度坚决地告诉你的孩子，哪些东西是爸爸妈妈坚决不能容忍的，是禁区，不能越过半步。

犹太人的契约精神

教养并不一定体现在学习成绩上。一个尊重约定、遵守承诺的人，往往拥有很好的教养。

暑假来了，我给孙女五百块零用钱，告诉她："贝贝，这是给你暑假买冰棍儿、蛋糕用的，所有零花钱都在这儿了啊。"没有想到，小贝贝没有把这件事告诉她妈妈，只告诉了阿姨。儿媳问我："你为什么要给孩子五百块钱啊？"你们知道我和媳妇怎么说的吗？我告诉她："我给了她钱，如果她想告诉你，她自己会告诉你的。"

孩子对父母的信任度很关键，如果是我的儿子，隔壁婆婆给他一块糖，他一定会告诉我："妈妈，隔壁婆婆给我吃了一块糖。"这是一种教养。如果你的女儿拿到我给的零花钱却没告诉你，这一定是你的责任。我没有通报的义务，我可以给我的孙女钱，因为她已经十二岁了，是一个小小的少女了，在暑假有权利支配自己的一点零用钱。至于这个钱，她是不是告诉父母，或者她怎么花，我觉得是她的自由。

但是我马上告诉儿子我给了贝贝五百块钱，请他不要干涉贝贝用钱的自由。我告诉儿子，你要让贝贝明白，以后如果阿婆给她钱，不管是对爸爸说还是对妈妈说，总之得说一下，这是让我们更加地爱她。阿婆把自己可以用的钱省下来给你，那你是不是要跟爸爸说一下呢？让爸爸去用语言也好 、用行为也好，去回报给阿婆呢？

我跟我儿子说了以后，他很巧妙地和女儿谈了一次，没有提具体的钱数。贝贝主动告诉爸爸："阿婆给了我三百块钱。"这个答案特别有意思，小孩儿也爱钱啊，她为自己留了余地。这个小小的自留地，我们都假装不知道，我跟儿子说："我跟你约定，你如果把这五百块钱的事情告诉贝贝，说是我说的，从今以后，我不跟你说话。"

儿子便保守秘密至今，再也没有对贝贝说起这件事。

说到这件事，我想起不久前我回到以色列亲身经历的一件小事。我回以色列时住在一个名叫海飞的朋友家里。海飞有个外甥女马上要过十二岁生日，海飞有事，不能回家陪外甥女过生日，就拍了一段VCR准备在孩子的生日播放给她看，小姑娘也知道舅舅当天不能来。但事有凑巧，海飞的事情突然取消了，所以跟我们一起到了以色列。我们那段时间就住在海飞母亲家里，与他外甥女的家很近，这个十二岁的小姑娘的妹妹来外婆家玩，知道舅舅已经回来了，只有这个十二岁的小女孩本人不知道。我们在孩子们的外婆家住了三天，第四天就是小女孩十二岁生日。小妹妹七岁 ，这样年幼的小孩，竟然不需要人叮嘱就懂得替舅舅保守秘密。等到姐姐生日那一天，舅舅录制的VCR放完，泡泡放完，念完经，海飞才忽然现身，小姑娘激动得热泪盈眶，说："舅舅，你怎么来了？"舅舅告诉她，自己到这边已经三天了，今天是第四天。姐姐就问妹妹："你们为什么不告诉我？”小女孩说 :“抱歉，我们跟舅舅有个约定。我们答应了舅舅不说，所以我们不可以说。”

我看着小女孩，发现她眼神很狡黠，眨着小眼睛，非常得意。

事情过后，我做了一个小小的采访，问她为什么不告诉姐姐，是什么让她保守秘密。她反问 :“我有什么权利剥夺姐姐的快乐？”七岁的小女孩,说保守秘密是为了不剥夺姐姐的快乐——“那是姐姐的惊喜，我那么爱她，当然要保守秘密。”多么高的理念，从这个小女孩口中说出来，却是这么朴实，充满爱的味道。

犹太人的小孩，小小年纪，却能绝对保守秘密。

犹太民族经历过长年累月的磨难，催生出坚不可摧的契约精神。犹太人认为契约是人与神的约定，守信非常重要。**一个真正的人，第一是健康的，第二是善良的，第三是智慧的，然后是真诚的。**犹太人尊重人性，也信守契约精神，比如，两军交战，假如你是战士，不慎被俘虏，你可以说任何你知道的事情 ，没有一个人会认为你说出来就是叛徒，这是对人性的尊重。但是犹太人绝对不允许奸细出现——你明白你在做什么事情，你刻意欺骗和背叛别人，这不行。因为主动与被动之间有非常大的差别 ，你主动出卖别人，你就是最可耻的奸细。

犹太人非常重视尊重别人的隐私，答应了别人不说的事情绝对做到守口如瓶，他们认为能够守口如瓶的人才是善于生活的高手。能否保守秘密是一个人是否值得信任的试金石。犹太人认为保守秘密到何种程度可以决定一个人的价值。保守秘密、信守承诺有时会很辛苦，但是如果你答应的事情没有做到，就成了言而无信之人，必然会失去别人对你的信任，失去很多朋友，甚至害了自己。如果能够遵守承诺，则必定会赢得别人的尊重，甚至更多的东西。

《塔木德》说："遵守契约，尊重契约，你获得的将不止是尊重。"美孚石油公司向餐具经销商犹太人乔费尔订购了三万把餐刀和叉子，交货日期为9月1日，地点是芝加哥。乔费尔不敢怠慢，立即请厂商为他赶制。没想到，麻烦却来了，厂商磨磨蹭蹭，一直不能按期交货。乔费尔对厂商十分生气，但是事情已经这样了，他也没有办法，只有希望对方能够快一点了。他多次打电话催问，但是对方却满不在乎地说："就算是迟点儿，你也总不至于这么上火吧。"乔费尔是犹太人，信守契约精神，所以只好咬牙：刀叉坐飞机吧！五小时内三万把刀叉被装上飞机，9月1日，这架飞机装载刀叉到达了交货地点芝加哥。这下，乔费尔付出了很大的代价：额外地多支出了六万美元，要运送的不过是三万把刀叉。美孚石油公司的人知道后，只说了一句："按期交货，很好！"至于那昂贵的飞机租金，他们连问也没有问。乔费尔的同行大为惊讶："你疯了吗，乔费尔？多花六万美元就为了三万把破刀叉？"乔费尔严肃地回答："犹太人就是这样，作为生意人，不管你有任何的理由，你必须按照合同及时地按期交货。哪怕是由于别人的原因而给你造成了损失，你也没有理由不按期交货。这就是规则，必须这样做啊。"经过这件事，商界都知道了这个做生意注重合同的犹太人，越来越多的商人来和乔费尔做生意了，大量的订单雪片般地飞到了乔费尔的办公桌上。当年吃的一点小亏给他带来了巨大的利润，这就是信守承诺的收获。

俗话说，"人无信不立"，"一诺值千金"，承诺就要守信，这是为人之本。

只是随着社会的发展，人们越来越浮躁，时刻关注自己的利益，渐渐淡忘了信守承诺的重要性，失去了很多东西。

在日常生活中，有些父母为了让孩子做一件事，也会轻易许诺，但事后就把自己说过的话给忘了，或者更过分，说的时候就没有打算执行，而只是为了让孩子去做这件事想出的权宜之计。你以为你成功地让孩子做了你想让他做的事，是你赢了，其实你大错特错。首先孩子的希望落空了，发现父母是在欺骗自己，以后你再跟他说什么他就不会轻易相信你了，你破坏了亲子之间的信任。还有更重要的一点，父母说话不算数，孩子也就不会信守承诺，这对孩子的品格培养是非常不利的。

前面我们说到的那个小姑娘，小小年纪能够信守承诺、保守秘密，这跟她从小接受的家庭教育是分不开的。犹太人会教育自己的孩子要信守承诺，而且，他们在日常生活中也能做到这一点，孩子在这样的耳濡目染中，自然也会养成信守承诺的好品质。

我们现在经常讲诚信的重要性，而要做一个让人信任的人，就必须从点滴做起，养成言而有信的好习惯。

六小时后再吃冰激凌

在美国的一次国际性儿童夏令营活动中，发生过这样一件事：夏令营的最后一天，大家返回酒店。中午的时候，吃完午餐，大部分孩子都去吃刚刚推出来的免费冰激凌，只有几个孩子在旁边的大理石地板上玩跳格子的游戏，那是几个犹太小孩。犹太人随时随地都可以找到娱乐的玩具，不需要去特意买什么。在夏令营的小朋友眼中，觉得他们有点难以理解，大家都在抢着吃冰激凌，他们却在安静地跳格子。

有一个工作人员问我："大家都在吃冰激凌了，怎么这几个小孩不去吃？"我一看就知道，这些都是以色列孩子，虽然大家穿的都是一样的夏令营衣服，很难分出是哪个国家的。我跟工作人员说："这是一群自律的孩子。"他不理解，问什么自律。我说他们自己有自己的律法，他们的律法规定吃肉类食品后六个小时内不允许吃奶制品。因为考虑到小孩多，怕孩子看到冰激凌就不吃主食了，所以酒店特意在午餐后才把冰激凌推出来，而这些以色列小孩在午餐的时候不知道有冰激凌，所以吃肉了，吃了肉以后，按他们的律法必须要过六小时才能吃冰激凌。

旁边没有父母，没有老师，没有宗教人员，只有他们几个同学。同学和同学之间固然可以互相监督，但更多的是自律，自律来源于父母给他们的教育，来源于生活习惯。如果我们的领导能像这几个小孩一样自律，也不会有那么多贪官落马事件发生了。

一群小小年纪的孩子，在没有任何监管的情况下，能自律到这种程度，抵制那么大的诱惑，是多么不容易。对小孩子来说，这个世界经济如何发展，石油价格的涨跌，房价有多高，他一点都不感兴趣，他更关心的是父母是不是爱他，同学们是不是喜欢他，他关心的范围很小，但是冰激凌对他来说是那么大的诱惑，他能战胜，这是一种精神，这种精神来源于父母的教育。

当时的工作人员很诧异，他说不是吧，是不是这几个小朋友不喜欢吃冰激凌？我说了一句笑话，有男人不喜欢女人的吗？我说因为他们是犹太人，他们有自己要遵循的律法，我可以向你保证，今天晚上他们一定是最先冲向冰激凌的孩子。果然，晚上他们不吃肉，吃鱼，快速地吃完晚餐，当冰激凌一推出来，果然是最先冲上去的。

我之所以能够如此肯定，是因为我知道，犹太孩子已经养成了进食肉类食品后六小时内不吃奶制品的习惯，这种习惯已经内化成一种自觉的行为，不管父母在不在身边，他们都会遵守。

习惯是行为的自觉化，不需要特别的意志努力，不需要别人的监控，在什么情况下就按什么样的规则去行事。习惯一旦养成，就成为支配人生的一种力量。培根说：“习惯是一种顽强的巨大的力量，它可以主宰人生。”人们的行动，多半取决于习惯。一切天性和诺言，都不如习惯来得有力。

这是一个广为流传的故事，诺贝尔奖获得者在巴黎聚会，有人问其中一位："你在哪所大学、哪所实验室里学到了你认为是最主要的东西呢？"出人意料，这位白发苍苍的学者回答："是在幼儿园。""在幼儿园学到了些什么呢？"学者答："把自己的东西分一半给小伙伴们，不是自己的东西不要拿，东西要放整齐，吃饭前要洗手，做了错事要表示歉意，午饭后要休息，学习要多思考，要仔细观察大自然。从根本上说，我学到的全部东西就是这些。"这位学者的回答代表了到会科学家的普遍看法，概括起来，他们认为终生所学到的最主要的东西是从小家长和老师给他们培养的良好习惯。

良好的习惯来源于最初的时期，最初的良好习惯应该是来源于家长和老师，而绝不是补习班能够给孩子的。

当小孩子还是一张白纸的时候，你就要培养他养成良好的习惯，譬如吃东西之前洗手。你可能觉得这个习惯现在已经不重要了，但是我认为很重要，因为病从口入，你不洗手，细菌会在你吃东西的时候跑进肚子里。从这个很细微的生活习惯，到养成很好的学习习惯，都是家长在孩子小的时候就要着手培养的。再有一个，就是将利他思想培养成一种习惯。即做任何事情，你都不要损害别人的利益。我们现在很多人一定要把利益极端化，哪怕是一点点，也要赚干净，一点儿不能吃亏。在这些坏习惯面前，公德心被打败，因为我们没有养成良好的尊重他人、利益他人的习惯。社会的很多规定、律法，包括有形的和无形的，都是要靠自觉的。自觉哪里来？来自习惯。从某种意义上讲，一个有很多好习惯的人，更容易成功。

怎样进一步提升孩子对社会的认识？首先我们必须让孩子懂得，习惯是培养出来的。我教育我的孩子要随遇而安，社会是多变的，也是多元化的，所以，怎样让自己的孩子来适度调整自己的习惯去适应社会，这是一个很大的课题。你有非常好的习惯，你觉得公共卫生很重要，你觉得厕所一定要窗明几净，你觉得厕所不可以有异味，很对。那是在你的水平，你的层面，你觉得厕所就应该是这样，但是，情况不是这样的时候，那是不是应该去适应呢？是的，你应该去尊重当地的风土人情，那是一种修养，一种教养。如果到一个还没有完全开发的地方去旅游，厕所条件不是很好，一堆人进去了，你一个人皱着眉头出来，那是一种没教养的表现。要知道，世界那么大，你并没有什么了不起，你身上没有什么特别的，你跟大家都一样。我们的社会还没发展到处处卫生五星级的程度，我们就得教育我们的子女，上也可以下也可以，在这个中间，以此去适应。

父母在孩子小的时候培养习惯能取得比较好的效果，因为这个时候的孩子还没有定型，更容易改造。培养孩子的习惯首先要从细微处着手，比如吃饭的时候不把饭弄到桌上，比如不乱扔垃圾，等等，很小很小的事情都不能忽视。

还有，培养习惯要从一开始就确定好你的规矩。比如你带着孩子去商场买东西，你要做好思想准备，孩子看好这个东西了，就会想尽办法说："妈妈，我要这个。"孩子不会管价格和实用性。你说不行，东西不好，孩子可能就会耍赖："不，我偏要！"而且怎么哄都不走，拽着你的裤腿死活不走了，甚至躺在地上打滚。这个时候周围很多人都在看着你，你可能觉得很丢人，但是这个时候千万不能放弃，因为这个时候就是关键的时刻，有些父母受不了，说："好了，起来，给你买。"你给他买了，麻烦就来了。孩子取得了胜利，因为哭闹成功了。孩子今后就会用这法宝来治你了，凡是他想要的东西就采用一哭二闹法，躺在地上打滚，靠这种方式来让你屈服。你必须从一开始就坚持你的立场，让孩子知道这是不能妥协的。

但是不少中国家长容易妥协于小孩子的意愿，改变自己的初衷，然后又一直说小孩越来越难带。这是一个问题，因为作为家长，你自己从来就没有要跟这个孩子一起同步的感觉，而是一直往后退。犹太人认为在习惯培养上是没有妥协余地的。

另外，培养习惯坚持很重要。如果在某一个观点某一件事情上你的态度和观点始终如一，对孩子的要求始终如一，久而久之，孩子就会养成习惯。

现在流行“二十一天习惯养成法”。心理学家研究指出，一项看似简单的行动，如果你能坚持重复二十一天以上，你就会形成习惯；如果坚持重复九十天以上，就会形成稳定习惯;如果能坚持重复一年以上，你想改变都很困难。当然，二十一天是一个大致的概念，不同的人不同的行为习惯形成的时间也不相同，总之是时间越长习惯越牢。

帮孩子养成一种习惯不是一天两天的事情，我们必须坚持，不能因为孩子的不情愿、反对而妥协，只有父母坚持了，孩子才能养成良好的习惯。

仪态修养是最好的装饰品

我的好朋友关凤止女士给我讲过一个故事，说有一次她先生带着两个女儿去散步，走着走着先生提议去吃饭。因为是一时兴起，所以穿着运动衣就去了一家很高级的餐厅。服务员看到他们的时候有点冷淡，点菜的时候，大女儿突然改用皇室英语跟服务员说话，服务员的态度也跟着改变。虽然没有穿着高贵的衣服，但是小姑娘用她的知识和教养找回了尊严。

这种事情应该很多人遇到过，怎样才能像这个小姑娘一样，即使没有名贵的衣服和首饰，也能让人尊重你呢？这就要求你必须先充实自己，做一个真正有教养的人，而不是靠衣服首饰的装饰。关凤止女士出身世家，是著名画家关慧农的孙女，自己是个很有修养的人，对两个女儿的教育也非常注重修养的培养。

我经常跟孩子们说，**行为举止是一个人最好的装饰，而不是衣服珠宝。**曾经在一个商场，看到一个穿得珠光宝气的女人，指着售货员破口大骂，气焰嚣张。珠宝在那一分钟，在她恶劣的行为中，已经不起任何作用。就算你戴着很漂亮的“鸽子蛋”，但如果你所有的行为举止都很差，没有道德的话，这些珠宝不会给你添色。

身外之物会随着不同的阶段不同的时间转移，但你的仪态、教养却永远是你自己的。就像我们上面说的这个故事，**名牌衣服、珠宝在某些情况下可能没有在身上，但是仪态、教养永远是跟着人走的。**

你去参加一个PARTY，一个店庆，或者去任何一个公开的地方，

沙拉参加以色列国庆招待会

如果你进去，被别人吸引住眼球，这个时候这个人身上一定有闪光的东西，我不是说她很美或者穿得很漂亮，你第一眼看到的是她的服装她的相貌，接下来就不是了，接下来就会看她的举止。一个人长得漂亮或者穿得漂亮只能暂时吸引人的眼球，若能长久吸引人的眼球，必定是靠修养，这种内在的魅力才能长久。

现在很多人盲目追求品牌，却忘了赋予它生命。大家争先恐后地争当“名牌”人，强调“外包装”，注重“脸蛋靓”，在乎“身材好”，但这些都不能真正让人变美。在他们费时费力费钱财之后，我们就看到很多“金玉其外败絮其内”的人。有些人站在那里或者坐在那里不动的时候，你会觉得这个人看起来不错，但是一举手一投足一说话之间，马上原形毕露。真正有修养的人，是将内在美与外在美统一于一身的。

当所有的奢侈品把你整个人都装饰成一盆花的时候，很可惜，因为缺少大地给你的滋润，你没有营养，只是一盆漂亮的花。一盆健康漂亮的花，是需要有叶子有花的。如果仅仅是一朵一朵的花，一个 LV 包是一朵花，一条项链是一朵花，整个生活全是花，没有绿叶，那你觉得这盆花还会长久漂亮吗？还能美化你的生活吗？

中国有句古话，“腹有诗书气自华”，从内而外散发出来的东西，才是一个人最好的装饰。所以我们的修养是一个人最好的装饰品。

修养指一个人的综合素质，是一个做人和知识水平的组合。修养不是与生俱来的，而是需要一个漫长的积累过程，需要时时刻刻修炼，会对一个人的人生产生重要的影响。

作为一个母亲，你除了有责任给孩子吃饭，提供给他住处叫他好好读书，逼他考一个好的学校，更多的应该是要给孩子一个好的礼仪，一个好的行为教育，这个教育就是我们说的“教养比文凭重要”。

但是，中国的现状是，父母“望子成龙、望女成凤”心切，却又错误地理解了“龙”“凤”的意思，以为只要学习成绩好、能考上一个好的大学就是“人中之龙”“人中之凤”。我必须在这里指出，这样的观点大错特错，龙、凤在中国传统文化中是高贵的代表，除了要有很高深的知识，还要有很好的行为和品德。

现在有很多富二代、富三代。我家保姆除了在我家做还做另外一家，那家是个浙江人，不用干活，父母炒楼，每个月房租收入三十万，开漂亮的车，每天无所事事，到处惹是生非，这种行为在我看来就是缩短自己的生命。我们的社会变化太快，贫富差距不断拉大，很多财富来自暴发，而不是一代一代往下传的财富。其实真正的富有之人在传承财富的同时，也会把美德留给自己的子孙。以色列的有钱人家，一代代留下来的东西很多，除了金钱财富，更有精神财富——美德、道德、品德等。而我们，除了留下钱，还留下了什么？留下了每天坐享其成的子孙，这些纨绔子弟每天吃好的用好的，全身名牌，但是，走到马路上，随手扔垃圾随地吐痰。他们开着漂亮的跑车，进停车场就跟别人吵架。我亲眼看过一个人一口痰吐在停车场一个工作人员的脸上，然后甩给人家一百块钱扬长而去。

孩子的修养需要父母在生活当中培养。在经济条件允许的前提下，父母可以带自己的孩子去餐厅吃饭，在洁白的台布上放着整齐的餐具，开始上菜，准备用餐，那时候修养和教养也同时摆在桌面上。吃东西的礼仪和道德会在菜上来的时候表现出来。在餐桌上，你会看到不同孩子的不同表现，这是你培养的结果，是一个考验，是一个试金石。我觉得桌子是一种人文环境，表现教育的平台，是不是有那种为他人着想的品位，顷刻间就体现出来了。

我们要怎样才能培养出一个有修养的孩子，让他长大后成为一个受欢迎的人呢？首先父母的理念要改变，记住：成人比成才重要，教养比文凭重要。

修养也包括文化修养、艺术修养等，也希望我们的父母不要矫枉过正，说什么既然“成人比成才重要，教养比文凭重要”，那我就只关注孩子做人和礼仪的教育，这也是不对的。我们上面说到，你去一个公众场合，能一直吸引你的肯定是举止优雅、言谈得体、举手投足之间气质优雅的人，这样的人，一般都有很高的文化艺术修养。

行为举止是一个人最好的装饰，而不是衣服珠宝，但也不是说你就不要穿名贵的衣服戴名贵的首饰，穿着得体是对别人的一种尊重。在合适的场合穿合适的衣服也是一种修养，比如要求正装出席的场合，如果你穿得很随意很休闲地去了，也会被人认为没有教养。

当然，在我们的现状下，更应该注重的是对孩子教养的养成教育。

教养不是天生的，需要家长的教育。聪明才智可以遗传，家庭财富可以继承，唯独教养，是无法靠遗传或继承给孩子的。教养纯属后天栽培，需要家长有意地教、孩子认真地学。如果家长养而不教，孩子学而不行，即使才高八斗学富五车也难以形成文明的素养和高雅的品位。所以良好的教育和环境才能使孩子成为有教养的人，而有教养的孩子往往能够善待自己、善待他人、善待周围环境。

我对三个孩子的教育一直力求达到一种平衡，既要学习文化知识，进行艺术熏陶，也不忘他们的做人教育、修养培养，比如与人为善、懂得感恩、关爱他人、注重礼仪、有公德心……培养他们良好的个人习惯，在一点一滴的生活中提高他们的个人修养。

天底下的所有父母，不论地位如何家境怎样，想要教好孩子的心是一样的，其实是否能够教养成功，跟出身是否富贵没有多大关系，我们说很多世家子弟走出来气质出众，一看就是一个很有修养的人，那不是遗传的，那是从小教育的结果。关凤止女士跟我说过她从小家里有很多的规矩，他们必须严格遵守。正是家里长期坚持教育，才有了良好的个人修养。所以，世家的优势可能就在于他们对培养一个有修养的人有一套传承下来的东西，已成体系，而你需要自己去摸索，但这并不妨碍你把自己的孩子培养成一个很有修养的人。

敬畏之心不可丢，感恩之心不可少

随着汽车走进千家万户，很多家长只顾着置好车，给孩子报名去考驾校，每天盼着孩子能早一点拿到驾驶证，使孩子多一点方便，这几乎是当下的一种普遍心理，但我却不以为然。

在以色列，十八岁的青年要去当兵的，十七岁半可以考驾照。对我而言，这是一件大事，我不关心车子，我只关心我的儿子是否已懂得敬畏生命，把这个理念放在第一位。

我的孩子聪明好学，驾车只是一门技术，而心理成熟却是一门科学。我会用非常生动的故事让儿子知道每个行人都信任这个社会，每个家庭都在等待亲人回家，而那些没有完整人格、缺乏敬畏心的驾车人，哪一天心情不好就等同于开枪杀人，这是何等的悲哀和危险。近期不断出现的撞人事故、逃逸案件，令人心惊胆寒，难道还不够引起我们反思吗？

中国社会曾走过一段以无畏为主流精神的时代，不怕神、不怕鬼、不怕死，胜天、胜地、胜人，在积贫积弱的年代，封建传统影响甚强的背景下，提倡无畏精神有其合理内涵。

但一个民族固然需要无畏，同时也需要有敬畏。无畏和敬畏是一把剑的双刃，当面临困难、危机、强敌来临、生死存亡时，需要的是无畏；而人类生存、社会进步、文化传承、经济发展，一切文明的延续，却需要一种敬畏，即对法典的敬畏、对科学的敬畏、对规律的敬畏、对优秀文化的敬畏、对仁义礼智信的敬畏，尤其是对生命的敬畏。

同样，某些贪污受贿、奢靡腐败者，也是缺乏敬畏，缺乏对法律的敬畏、缺乏对人类文明的敬畏，才产生了无法无天的行为。

我建议敬畏教育要从小孩开始。一定要心存敬畏，知道自己的身份，才能够对自己所做的事情存有一份敬畏之心。并不是专指尊重一个人，天地万物都有灵，都要尊重。

人必须心怀敬畏，才能不超过底线，不做越轨之事。

犹太人认为，智慧由敬畏推动，敬畏是信仰的前提，是信仰的根源。人们应当接受敬畏的指导。丧失敬畏，就会缺少洞察力。

我一直跟我的孩子们强调，要心怀敬畏之心，敬畏生命，敬畏自然，敬畏所有一切应该敬畏的东西。

我们不时会在新闻报道中看到自杀甚至杀人的孩子，这种对生命的漠视，正是敬畏教育缺失的结果。正因为心中没有敬畏的东西，所以不珍惜自己，以致行事为所欲为。

犹太孩子中自杀的非常少，因为从小就被教育要敬畏生命。犹太的问题小孩也相对较少，因为他们心中有敬畏，这种敬畏提醒他们不能越界。

犹太民族劫后重生，他们懂得敬畏，更懂得感恩。

前段时间上海犹太难民纪念馆接待了以色列犹太感恩代表团，代表团由上海犹太难民、难民子女和犹太精英人士组成，他们专程来对“二战”期间中国民众拯救犹太难民的行为表示感谢。“二战”期间中国人在非常困难的境地中保护了大量犹太难民，犹太人和中国人都不会忘记那段历史。

我们家也是那个时候来上海避难的犹太家庭之一，我永远感恩上海这座城市给我提供的庇护，感恩上海人给予的温暖。当有人找到我，说要以犹太人在上海的故事为原型做反法西斯战争胜利七十周年的纪念金币，问我有没有什么建议的时候，我立刻想起：在一个风雨飘摇的傍晚，我迷路了，只身带着小狗，抱着我心爱的熊猫玩具淋着雨，在一条条狭窄的石库门弄堂里寻找自己的家。猛然间，头上的雨仿佛停了，原来是一位美丽善良的中国阿姨为我打伞遮蔽住这暂时的风雨。当时，我仿佛见到了一盏送来光明的烛台。正是有了许许多多善良的中国人的帮助，我们才能躲避战争的风雨幸存下来，我的心里对中国人，特别是上海人充满了感恩之心。当设计者找到我时，我给他讲了这个故事，他听了觉得这是一个非常好的素材，于是决定以我这个故事为原型来设计金币，现在这枚金币已经被大英博物馆收藏。同时还做了一组雕塑，这组雕塑将在上海外滩展出，以表达犹太人对上海这座城市、对中国这个国家的深深感恩之情。

作为一个犹太人，我永远不会忘记给过我帮助的人。在对孩子的教育中，我也一直跟他们强调“滴水之恩当涌泉相报”。在教育孩子的整个过程中，我们一定不要忘了教给他们感恩和报恩。现在一些孩子因为父母、爷爷奶奶、外公外婆在家里都围着他一个人转，要什么给什么，久而久之，就形成了人家给他东西是理所当然的思想，根本不知道感恩。

前段时间去福利院讲课，福利院的设施非常好，基本上没有看到脏，

⭕ 沙拉雕塑全景

沙拉雕塑 1

沙拉雕塑 2

以沙拉的经历为原型设计的纪念反法西斯战争胜利七十周年的纪念金币

没有闻到臭，由此我们可以看到中国政府投入了大量的资金，在尊重人方面我们是有很大提高的。

在福利院，我也听到很多国外的人来领养孩子。我们一直在讲血缘、强调血缘，而外国人却不讲血缘，这是文化上的差异。

很多外国人来领养孩子，有些人自己是有孩子的，只是孩子长大了，而自己的经济条件还可以，他愿意领养一个孩子，他认为自己有能力再为社会做贡献。我对他们有着深深的敬意。

在福利院看到的孩子最大的十八岁，已经走进社会参加工作。但是这些孩子长大后真的会爱自己的祖国爱自己的家，他们的心里除了福利院会有家的感觉吗？他们的心理是不是非常健康呢？在那一刻我想到，在飞机场经常遇到外国人带着中国面孔的小孩，大多数是小姑娘，这些小孩子说着流利的英语、西班牙语……我跟带着他们的老外沟通，问会不会带孩子去中国。老外说："当然，我会经常带他去中国，告诉他我是在中国收养他的。"但是我可以断言，这些孩子长大后心里不会有中国。他只知道自己在中国出生，被父母抛弃，是美国妈妈养育了他，他对美国的感恩是我们中国孩子没法想象的。

在中国，一个孩子被拐卖，到了二十岁还会想办法找自己的生父生母，有些人甚至因为寻找亲生父母与养父母发生严重冲突，弃养父母的养育之恩于不顾，一心一意要寻找亲生父母。这种事情在被外国人领养的小孩中很少发生。我后来终于想明白，**一个小孩的感恩之心，是在生活点滴之中灌溉的**。如果他一生中没有听到父母对这个国家和社会的抱怨，如果他的父母也是知道感恩的人，他必然对这个国家和社会、对父母、对帮助他的人抱有感恩之心。

当一个人懂得感恩时，便会将感恩化作充满爱意的行动，乐善好施，笑对朋友，笑对困难，笑对世界，笑对人生。感恩是一种自重自爱的人生境界，是一种处世哲学，更是学会做人、成就阳光人生的支点。

在我们培养孩子的过程中，不能忽略了敬畏之心和感恩之心的培养。敬畏是为了让孩子更好地约束自己，不做危害社会、危害他人、危害自己的事；感恩是为了让孩子在有能力的时候回报社会、回报父母，帮助他能帮助的人。我相信，如果我们自己常怀敬畏和感恩之心，同时教育我们的孩子常怀敬畏和感恩之心，这个社会必将越来越美好。

宽容是一种力量

前不久，我自己碰到一桩飞来横祸。有一天，我在去华山医院做义工的路上，站在人行道上等红绿灯，正准备过马路，一辆机场大巴迎面驶来，我一下子被撞飞两米多，顿时吓得魂飞魄散，右手严重扭伤。事故是大巴司机抢黄灯造成的，司机当时说要陪我去医院，但是我说："这一车乘客急着赶飞机，我给你提供一个方便，你先走吧。"当时现场的乘客和交警一个劲儿地对我表示敬佩。

大儿子知道我被撞后，让我提起诉讼、理赔医疗费用，但是我阻止了。我说:"交警和机场二线的工作人员带着鲜花、水果来看过我了。"我特别感谢交警支队的傅警官,他曾多次打电话问候我,让我安心养伤。但是肇事司机事后的推诿态度很让我心寒。

我是犹太后裔，虹口这片土地曾收留过成千上万的犹太难民，我的父亲也是其中一员。当车子撞到我时，我首先想到的是宽容，因为宽容会带来更大的繁荣。

宽容不是懦弱，更不是无奈的举措。宽容别人，不仅能使生活中平添许多快乐，还使人生更有意义。也正因为有了宽容，我们的胸怀才能比天空还宽阔，尽容天下难容之事。

在对孩子的教育中，我一直跟他们说，有人犯了错误，如果是无心之过，如果是可以原谅的错误，可以试着原谅。有的父母很怕吃亏，就这样教自己的孩子："孩子，你千万不要吃亏，别的小孩打你一下，你就打他两下、三下，看他还敢打你！"我在这里要说，家长的这种教育坚决要不得。我知道家长这样教自己的孩子是怕他被其他的小孩欺负，但是你这样不是助长了孩子的好斗心理吗？孩子之间的打闹很正常，甚至他们自己也没有太在意，但是父母这样一教，就很容易把一场打闹变成打斗。

要相信孩子有自己的解决方式，孩子们的小打小闹做父母的最好不要介入，很多时候孩子们刚打完过两分钟又一起玩了。如果对方是经常打人、行为恶劣的孩子，你可以让你的孩子去跟他说："打人是不对的，这次我原谅你，但是如果你再打人我们就不跟你玩了。"或者直接让你的孩子远离他。

最要不得的，是把两个小孩的打闹变成两个家庭的吵架。有一次我带孙女贝贝在小区玩，贝贝和一个小朋友闹矛盾，贝贝推了小女孩一下，这个时候那个小女孩的妈妈、姥姥、姥爷全都围住贝贝训斥，可怜的贝贝吓得哇哇大哭。我当时也生气了，他们的做法显然给了贝贝很大的惊吓，对贝贝造成了伤害，我严肃地对对方说："小朋友之间的矛盾应该由她们自己解决，你们没有理由，也没有资格训斥我的孙女！"然后把贝贝揽在怀里安慰道："别怕，有婆婆在！婆婆知道你从来都是一个好孩子！他们训斥你是他们不讲理。婆婆相信你，即使有错误也会改正！"我当时看到那个孩子本来和贝贝闹矛盾的时候还没哭，但是看到她的家人把贝贝训哭了，她感到害怕，自己也哭了起来。我当时只是严肃地跟小女孩的家长表明了我的态度，但是如果当时双方都是宠爱孩子又不讲道理的家长，是不是最后会造成双方家长大打出手、孩子在旁边手足无措的局面呢？如果这样，你想想最受伤害的是谁，肯定是两个孩子啊。

后来我问清楚情况，原来是两个孩子在争玩具，贝贝不小心推了那个小女孩，我就告诉贝贝："贝贝，打人是不对的行为，即使是不小心的，我们也要道歉。"贝贝主动去跟小女孩道歉，小女孩也马上说"没关系"，然后两个人又去玩了，留下几个大人站在那里相当尴尬。

这种情况很常见，每个家长都怕自己的孩子吃亏，其实孩子们有自己的交流和解决问题的办法，给孩子空间和时间，孩子们自然而然能自己解决问题。而且，孩子天生是不记仇的，对于打打闹闹都是过去就算了，并不会记在心上，过后又开开心心地一起玩。所以孩子们更容易交朋友，因为他们善于宽容。但是家长的介入往往让事情变得复杂，也无形中增长了孩子的计较之心。

其实孩子很小的时候都有一颗宽容的心，不会太计较得失，但是在长大的过程中，由于父母不当的教育，这种宽容之心就慢慢丢失。我们很多父母认为宽容、原谅了他人，自己就吃亏了。其实你宽容了他人，自己也能收获很多。

我告诉孩子们，宽容是一种强大的力量，它能化害为利，化敌为友。宽容往往能够使对方从中吸取教训，重新审视自己的行为。毕竟人心不是靠力量可以征服的，温柔的力量更能打动人心，宽容大度才可以融化心灵的坚冰。

犹太人经受了那么多苦难，但是他们没有生活在憎恨中，他们选择了宽容。

沙拉经常接受媒体采访

犹太人说："爱你们的仇敌，善待恨你们的人。"他们认为，只有大度去面对生活才能更好地赢得生活，而仇恨别人是毫无意义的，而且付出的代价是非常高的。用宽容的心态面对你不喜欢的人，才是正确的做法。

有些家长会说，如果孩子被欺负的时候不打回去，以后再被欺负怎么办？我们说要学会宽容，但并没有说要教孩子在受到欺负的时候毫无作为，只是弱弱地说一句"没关系"。当孩子受到欺负的时候，你可以让孩子告诉对方"你的行为不对，但是我可以原谅你这一次"。如果对方不理会，再发生同样的事情，我们就必须毫不妥协地采取措施。

要记住，宽容不是纵容，否则，对方会一而再，再而三地犯禁，因为你过度的宽容，恰恰显示了你的软弱。给一次机会并不是纵容，不是免除对方应该承担的责任。任何人都需要为自己的行为负责，任何人都要承担相应的后果。

继父喜欢住我家

我的孩子都特别孝顺，三把钥匙的事情大家都知道了，我这里就不说了。三个孩子都会定期回家看我，我有什么事，他们立马就会赶到。

那么，这份孝顺从何而来？首先是我从小的教育，更重要的是耳濡目染。因为我自己对长辈孝顺，孩子们看得多了，自然也对我孝顺。

我继父的子女都在上海，生活条件也不错，但是他却更喜欢住在我家。继父在我家住的时候，我对他照顾周到，还特意雇了一个保姆专门照顾他。因为我知道，今天我对老人孝顺，明天孩子们就会对我孝顺，我的一言一行都在无形中影响着我的孩子们。

由于对老人的关怀，我入选了“2011 年中国十大孝子”。当时的颁奖词是这样说的：

“爱，不分肤色；孝，超越血缘。这位六十一岁的中国籍犹太人正

“2011年中国十大孝子”颁奖现场

搀扶着九十岁的继父走过生命的温暖历程，她是中华孝道的国际传播者。这就是她孝行天下、情传万家的理由！”

我能得到这个荣誉不仅仅是因为我对继父的关怀，还因为我“老吾老以及人之老”。在和平眼科医院做志愿者的时候，我会特别关心那些孤独的老人。

我一直认为，孝顺应该是一个广义的词，并不单指对自己的父母，中国人常说“老吾老以及人之老”，孝顺其实是讲感恩和报答。

父亲还在世的时候，那个时候还没解放，家里的保姆突然得了伤寒，已经送到了太平间，但是父亲不死心，还是跑到太平间去看看，发现保姆好像还有一点气儿。我父亲把她抱起来，去求医生再救救她，还给了医生一根金条。已经快要死的人，而且是家里的保姆，我的父亲却不离不弃，把她从死亡线上拉了回来。

父亲当时是带着一种感恩的心，他觉得这个保姆是自己家的人，为自己家出过力。

我们讲孝顺，什么是孝顺？梁惠王问孟子怎么管理一个国家，孟子回答“老吾老以及人之老，幼吾幼以及人之幼”。其实这涉及社会品德。这个社会的品德放在那里，我们大家都应该推崇效仿，但是后来很多人都没有这样去做。我们的文化层面出现了断裂，很多好的传统美德没有传承下来，都被扔掉了，以至于我们现在再捡起来谈“树欲静而风不止，子欲养而亲不待”，我们不停地呼吁孩子们要孝顺，否则等你们想孝顺的时候他们已经不在了。

这些故事其实我们的老祖宗很多年前都讲过，今天我们再拿出来讲，是不是你对做子女的说了两三句话，就会改变他的态度他的做法呢？我可以告诉你，不会。我的子女为什么特别孝顺呢？那是因为我自己教育得好。

想到生活中的一个片断，孩子们病了，我会不停地给他们擦汗，他们会看到妈妈怎么对他们；妈妈病了的时候，他们会定好闹钟，每四个小时提醒妈妈吃药。

这个其实也就是一个轮回，也是一个孝道。**做长辈的先要做到，孩子自然会跟着学。**我们很多人自己对长辈不好，却要求我们的孩子对我们好，这个是不可能的。因为这个世界上榜样的力量非常大，人需要在榜样的力量中成长，需要在书香沐浴中成长，需要在励志的故事中成长，需要在社会的历练中成长，需要在经受中成长，需要在坚持中成长，需要在鼓励中成长。孩子成长最重要的是需要鼓励。这样成长起来的孩子，自然讲孝顺，讲礼仪。

孩子们回家，第一件事情就是给妈妈一个拥抱，说“我回来了”。孩子们走了，也会给我一个拥抱，说“妈妈再见”。这些东西，都是孩子们久而久之养成的习惯，特别特别希望我们的家长留意自己的举止和行为，只有这样我们才能让孩子把我们久久地留在心里。

每当孩子们回到家，我就会马上去洗菜，这个时候孩子们都会问我需不需要帮忙，我会跟他们说不用，但是他们还是会挤进厨房，帮我洗菜，陪我说话。孩子们每次回家，临走之前，对我都有说不完的关心和叮咛。

其实父母要的很少，只是孩子的一声叮咛，一份关怀，就能让父母感动。孝在于质实，不在于饰貌。我们作为家长，难道真的要孩子给你送珍贵的礼物吗？没有，我们把孩子培养长大，是社会的一份责任。

有的时候我觉得善意的谎言也是教导的开始。并不是要等到生大病的时候才跟孩子说我生病了，有的时候有一点不舒服我就会跟他们讲我今天有点不舒服，沟通，孝道也需要沟通。如果你想要你的孩子们孝顺，那你就不停地把你的健康状况告诉孩子们，让他们把你的健康放在心上。孝顺不是说出来的，孝顺是关心出来的。

有一天，三个孩子都回来了，我就要求孩子生活上给我一些帮助。我说我事情比较多，最近身体也比较差，我可能需要一些钱。三个孩子听了没有一个说：“你还没钱啊？”他们一定不会用反问句的，这是长年累月的习惯。当你提出问题的时候，孩子们不是反问，而是问：“您需要用钱吗？多少？”我真正的意思其实不是要用这个钱，而是要给自己的孩子一个规矩。这个规矩就是你们必须每个月来看我，但是我不会说“每个月来看我”这种话，我是拔高了一层，但是殊途同归。我跟他们说我要用钱。于是他们问我需要多少。我说我希望你们三个人每个人每个月给我的钱要足够我喝茶用。喝茶这个东西就没底了，不好算啊。三个人一琢磨，说我们每个人一个月给你三千块钱吧。他们说了一个顺口溜：“每月三千三，母亲是座山。尊老爱幼成习惯，我们跟着你做慈善。”他们知道我拿钱是去做慈善。但是钱怎么给我呢？老大说：“妈妈，你给我个账号吧，我不常在上海，我每个月打给你。”妹妹说：“干吗要每个月，三个月打一次不是更方便吗？不就一万块钱吗？”辉辉一直没说话，他读懂了我这个举动的意思，这是在给他们做规矩，也希望把这个规矩做到他们的心里，去影响他们的下一代。

我说：“辉辉啊，你去拿一把榔头，一根钉子，一捆绳子，一个脸盆。”辉辉把东西拿来了，我说：“以华，把这个钉子敲在墙上。”以华问：“妈妈干吗？”我说：“你去敲。”他就去敲了，敲好以后我就跟妹妹说：“妹妹，你把绳子圈住脸盆，当中打两个结，给我挂在墙上。”妹妹挂好了。我说：“好，现在你们三个人，我是孙悟空，我拔一根毛，呼一吹，你们变得好小好小，我全把你们放进脸盆里。按照你们的理念，以华是一个月寄一次钱，我一个月放下来给他吃一次。妹妹是三个月寄一次钱，我三个月放下来给她吃一次。那么你们是不是都死光光了呢？关心是不是应该天天、随时随地都在呢？当然钱不可能分成每天给，但是不是应该自己送来呢？”举了这个例子以后大家都会心地笑了，于是这个习惯一直保持到现在。如果他们在上海，每个月都会送钱来，而且是规规矩矩地装在信封里。装信封是一种尊重，一种习惯。不是当场数钱给我，他们都是装在信封里，会附上一些祝福语，比如“妈妈，生活快乐”之类的。为了不弄错，还会标上时间。如果他们不在上海，一定会准时把钱打到我的账号。

做父母的也要养成一个要求自己孩子的习惯，而不是一味地给予。适当的时候也需要索取。跟自己的子女索取这些东西并不是很丢人的事情，如果做父母的自己觉得不好意思那是你自己的问题。

通过这件事情我是想告诉孩子，父母并不是需要你们的钱，而是需要你们的关怀。

百善孝为先。但是孝顺也需要学习，孝顺是一门艺术。帮助老人，孝顺老人，并不是一件随意的事，除了有一颗真诚的心，还需要技巧。我也听一些老人跟我投诉：“我女儿对我特别好，但是我女儿太厉害了，我不想吃的东西，她就会大声嚷嚷：‘给你做了你不吃。你什么意思？你知不知道这是为你好？’”所以老人流着泪跟我讲：“我一点儿也不想吃，她一嚷嚷，我就含着眼泪吃。我这是享受吗？我这是受罪。”孝顺并不是说你给父母吃好的、穿好的，给父母很多的钱就可以，你要走进父母的内心世界，看看他们到底需要什么。大多数的父母并不特别需要子女的经济帮助，他们内心更渴望的就是，子女抽出一点点时间，多陪陪他们。希望天底下所有做子女的，爱父母的同时，先弄清楚父母需要什么样的爱，也希望你们学习怎么去爱，老人其实和孩子很像，轻声细语温柔相待，他们更会顺着你。

有些父母在孩子小的时候什么都顺着孩子，家里以孩子为天，等孩子长大，自己老了，又来哭诉说孩子不孝顺。我要说，这是你自己种下的苦果。孝顺也是要从小培养的，不是说把子女“常回家看看”写入法律就能让子女变得孝顺。孝顺是情感层面的问题，不是法律层面的问题，如果需要靠法律才能让孩子回家，那还是孝顺吗？

想要拥有一个孝顺的孩子，就必须在家庭中让孩子从小体会“爱”的教育和“孝”的熏陶。从日常生活的点滴开始培养，逐渐建立正确的孝顺观。可以根据孩子的年龄和能力，提出具体要求，比如，幼儿园和小学的孩子，可以要求他们“回家主动和父母问好”，中学生可以要求“父母生病时主动照顾”等，让孩子从小就有陪伴和帮助父母分担的意识。最重要的是父母要以身作则。孩子最善模仿，就像父母的一面“镜子”。

三、逆境磨出好家风

“模拟家境”，让孩子体验吃苦

刚到以色列的时候，我们的经济条件还不是很宽裕。以色列人会把不要的衣服洗干净，整整齐齐地叠好，放在垃圾桶上面，给需要的人拿回家穿。

看到有面包放在上面时，我们也会去拿来吃。以色列人把富余的面包放在垃圾桶上面时，本意就是给有需要的人吃的，所以都会封好，还是比较干净的。我把面包拿回家，用我们自己的方式加工，蒸一蒸、煎一煎什么的，来解决孩子们的早饭。

难道我真的是没钱买面包吗？才两三谢克尔。不是的。我是觉得我们换了一个环境，孩子们应该懂得：我们看见的这些东西可以帮我们解决问题，我们就应该加以利用。这些面包可以让我们少买一次面包，可以省两三谢克尔。同时我也教育他们：大自然赋予我们的所有食物我们都要敬畏。那些人拿出来，没有扔到垃圾桶，而是包得好好地放好，那是对食物的敬畏。而需要这些食物的我们好好利用这些食物，同样是对食物的敬畏。

吃这些从垃圾桶拿回家的食物时，由于良好的教育和解释，孩子们非常愉快地进餐，于是养成了一种习惯。

我在这里会强调：习惯很重要，这点前文已经强调过。

我们养成了一种节俭的习惯，没有什么丢人的。有人会说，别人扔的东西我怎么可以吃呢？我觉得别人扔的东西我们也可以吃，只要没发霉没变质，我们就可以吃。

在以色列漫长的移民生活中，我教育我的孩子勤劳、节俭、朴素。这些词在我生活的年代经常会用，但是到了这个年代，我们今天再来讲艰苦朴素，孩子们是没有办法理解的，因为这个社会的物质资源非常丰富，已不是我们所处的那个计划经济的年代所能比拟的了。那么

沙拉进行慈善演讲

怎么才能让孩子们能上能下，能屈能伸，就算习惯了有非常丰富的食物，也要能在没有食物的时候吃人家不需要的东西，这是一个坎。

这个坎首先需要那只推动摇篮的手的努力。可以说，这是一条起跑线。我从来不赞成幼教式起跑线，不过我也不反对你带孩子参加幼教，这也是一种智力开发。但是当一个孩子处在我们当时那种情境的时候，家长在教育方式上敢不敢迈出去这一步，是非常重要的。让自己的孩子接受人家不要的东西，让孩子内心接受扔在垃圾桶上面的食物，首先父母要战胜心理上的障碍，跨过自己心中的那道坎。父母的行为是孩子最好的榜样。

垃圾桶上的衣服你捡回来穿，垃圾桶上的食物你捡回家吃……种种经历已经使孩子们懂得了敬畏。你不要跟孩子说我们很穷啊，没钱啊。你先要教会孩子敬畏，敬畏大自然的万物，我指的万物是所有的东西。我们没有因为捡别人不要的东西而有一种羞耻感。这个跟家长有没有虚荣心也很重要，一个家长没有虚荣心，而且敢于面对自己的孩子承认我们现在真的很困难，我们需要用别人不需要的东西，这些也是勇敢的表现。做家长的要非常勇敢，跨出这一步。家长跨出的这一步，对培养孩子节俭的习惯，对磨炼孩子的意志，有非常大的帮助。

有些家长可能会说，你那个时候是因为家里经济状况不好，所以才会让孩子吃苦，给他们吃别人扔掉的面包，给他们穿别人不要的衣服。现在大家的生活条件都好了，还有必要让孩子节俭吗？

有必要。犹太家长们不管家境如何，都秉持着节俭的原则，让孩子从小养成节俭的好习惯。

我曾经讲过这样一个例子：我们刚搬到特拉维夫的时候，对门一家三口来串门，我准备了一些水果点心招待他们。孩子拿起一块西瓜，吃了两口就放到茶几上，又伸手拿了一个草莓，咬了一小口又放下，顺手抓起一把瓜子。孩子的爸爸看到，严肃地说：“把西瓜、草莓吃完再拿别的。”我笑了笑说：“孩子喜欢吃什么就吃什么吧，这不是很多吗？”孩子爸爸说：“东西不能浪费，节俭与贫穷无关，这是孩子必须从小养成的好习惯。”接着孩子的爸爸给孩子讲了一个故事：“从前，有一个大富豪，生活非常节俭，有人劝他说，你是大富翁，钱几辈子都花不完，何必过这么清苦的生活呢？你这么做，人家会以为你在装穷。富翁就说：‘我现在收入很多，但是我不可能总是收入这么多啊。如果我的家人习惯了奢侈的生活，有一天我没有这么多收入了，他们会很难适应的。我现在让他们学会节俭，以后他们会生活得很安定。’孩子，如果有一天，家里没有那么多东西可以吃，你是不是会很难受呢？咱们现在就要学会珍惜每一样东西。吃东西的时候要先想一想，自己要吃多少，吃多少就拿多少，拿来了就要吃完……”

我在中国看到的情况恰恰相反，不少家长在物质上对孩子超量满足，没有条件也要创造条件满足孩子，让孩子不知珍惜物品，更不要说节俭了。

但是，中国古话说得好，“由俭入奢易，由奢入俭难”，如果孩子习惯了奢华，习惯了要什么有什么，有一天碰到物质条件不能满足孩子的情况，孩子将无法接受这种巨大的落差。我们当然不是说不能给孩子吃好的，用好的，只是就算现在的条件很好，也要有意识地培养孩子吃苦的能力，培养孩子能屈能伸的性格，这样的孩子以后不管遇到什么环境，都能很好地生活下去。

关于这一点，我觉得以色列的父母做得特别好。**在以色列，不管是富人家庭还是穷人家庭，不管条件如何，都会有意识地“创造”一些艰苦的环境，让孩子明白什么是苦难，磨炼孩子的意志，去除孩子的娇气。我们把这种教育方式称为“模拟家境”，没有条件，创造条件**

也要让孩子体验吃苦。

迦太基一家著名的博物馆里，有一幅画上是一个人正在和魔鬼下棋，而且危在旦夕，魔鬼正在“将军”。这一盘棋正是人类命运的象征，苦难就是那个正在将军的魔鬼。那么，人类还有希望赢吗？犹太人从小受“磨难教育”，认为磨难可以转化为生命的财富。人类正是在同魔鬼的战斗中，锻炼了自己。

纵观犹太历史，可以说犹太民族是一个“饱经苦难”“多灾多难”的民族，犹太人经历过最惨绝人寰的大屠杀，经历过四处流浪、东躲西藏的岁月，但是，犹太人虽饱受苦难却没有绝望没有灰心，在苦难中寻找生机，顽强生存下来，并且在艰苦的环境中也不放弃对生活中美好事物的追求，在苦难中炼就了坚忍不拔的性格。经历过这些苦难之后，犹太人已经不怕任何的苦难了。为了生存，他们吃尽了苦头想尽了办法，因此，只要有一点机会，他们就能敏锐地抓住，然后像火山爆发一样，做出让世人羡慕的成就。

刚到以色列的时候，我们的家境不是很好，但是我并没有沮丧，带着三个孩子乐观地面对生活，利用一切条件改善生活。最重要的是，我培养了孩子们能屈能伸、能抗击各种压力的能力，让他们能从容面对生活中的各种磨难、挫折甚至失败。现在回想起来，我很感谢那段艰苦的岁月，如果没有走过那段艰苦岁月，现在我的三个孩子也许没有这么成功。

我相信，用微笑面对苦难，最后，苦难也将用微笑回报你！

培养孩子的抗挫折能力

当我的儿子穿过垃圾桶上面的衣服，吃过垃圾桶上面的食物，他们已经愿意走进社会，愿意接触社会。在他们大概十五岁的时候，我给他们每人一百新阿高洛，让他们去其他城市——特拉维夫或者海法看看。因为他们下飞机就直接到了北方的一个小城镇谢莫纳，还没有到过以色列的其他城市。在给他们每人一百新阿高洛的时候，我提醒了他们一下，让他们把对方钱的号码记一下，然后在自己的钱上做一个记号，比如折个三角再弄平，留下隐约的痕迹。作为家长，你把自己的孩子，那么小的孩子，还没有独自出行经验的孩子放到一个人生地不熟的环境，而且语言也不是非常通畅，这种情况下可以适当给些建议。

他们去的时候不是很懂，在车站买票就出发了。当他们回来的时候，知道在站台买票会便宜一些，就决定在站台里面买票。拿到车票和找零的时候，孩子们觉得钱找少了。他们当时是这样的，去的时候是用一个人的一百新阿高洛买的票，回的时候是拿另外一个人的一百新阿高洛买的票，所以一下就看出找零少了，当他们跟卖票的说找零少了的时候，那个卖票的把车票和找的零钱都拿回去了。孩子们拼命敲玻璃窗，要他把车票和钱还给他们，售票员不理睬，当没发生过这件事情。对年纪不大、社会经验不足的小孩来说，完全不知道该如何应付这种突发事件。这个售票员的行为，我真是不敢苟同。

以华和辉辉当时就在那旁边等着，一看有警察来了，辉辉马上就去叫警察，跟警察讲述了整个事件的经过。警察说："你说他拿了你们的车票和钱，这个需要有证据啊。怎么能证明他拿了你们的钱呢？"辉辉说："我们有证据！我哥哥一直在钱箱旁边看着，他的一百新阿高洛放进钱箱没有拿出来，还在钱箱里面。我是来找你帮忙的。"警察说："钱箱里的钱很多啊，怎么能证明是你们的钱？"辉辉说："我记得我们钱的号码，而且我们的钱还做了小记号。"然后把号码告诉了警察。警察听了去找售票员，售票员张牙舞爪、语气蛮横地说："我没拿，我怎么可能拿小孩子的钱！小孩子胡说八道的。"警察让售票员把钱箱打开，售票员边开箱边喊："打开就打开，里面这么多钱，哪张是他们的？"警察把钱的号码报出来，售票员非常吃惊地拿出来。拿到车票和钱，孩子们喜气洋洋地回家了。

故事到这里结束，但是我想跟所有的读者说，这是一个孩子跨出家门、走入社会的第一次经历。以华和辉辉没有因为别人的欺负而沮丧、放弃，因为他们有了准备。有了准备的孩子，经受得起这样的事情。他们胜利了。经过这件事情，他们不再恐惧社会，不再恐惧不好的事情、不好的思想、不好的行为，他们会提前想好应付的办法，然后碰到事情的时候会积极地动脑筋。

只是十五六岁的孩子，但他们没有打电话跟我求救，因为我事先给了他们提示。

很多孩子遇到这种事情会手足无措，打电话跟妈妈哭诉："妈妈，我受骗了。"这个时候，心软的妈妈一般会说："受骗就受骗了，不就一百新阿高洛嘛！回来吧，孩子。平安回来就好。"

我不会这么做，因为这么做将来只能培养出一个传销人员。搞传销的人永远是和亲朋好友打交道，不敢到社会上去打交道。传销看得中、想要留住的，就是这些所谓简单的孩子，想着发财却不敢面对社会的人。

希望家长通过这个故事明白，把孩子推出去的时候，要事先给他们告诫。大人的生活经验比孩子丰富，在把孩子推出去的时候可以适当传授些经验，但是必须要注意方式，用孩子愿意接受的方式说出来，而不是硬把道理塞给孩子，关于这一点我在后面还会展开讲。

我们现在有很多孩子要去国外，人生地不熟，对孩子来说国外的

以华和辉辉

世界也很可怕。人生之路不可能一帆风顺，避免不了跌倒或者失败，但是为什么要让孩子第一次走出去的时候就面对失败呢？为什么不能第一次就成功呢？如果第一次就战胜了对方，赢回了自信，我相信将来的生活路上，他也不会恐惧。

我在给两个孩子每人一百新阿高洛的时候，我已经预料到了可能会发生的事情，我提醒孩子们互相记住钱的号码。但是，我没有告诉他们，如果被人骗了应该怎么应对。他们自己会想到，号码就是证据，我们的钱在你的钱箱里，我们看不见，我们能报给警察号码，就证明那张钱是我们的。他们胜利了，以后对生活充满了热爱。他们不会去恐惧这个社会，不会去仇恨这个社会。他们不会把别人都想得很恐怖，从而不敢跟人沟通。

这是我做这件事情的目的。当然，这件事情在孩子的成长道路上是一个非常好的加油站。

我讲以华和辉辉坐火车被骗那件事给朋友听的时候，很多家长跟我说一百新阿高洛就算了，还要打电话等警察，多麻烦，不如直接再给孩子一百新阿高洛。我觉得问题就在这里，如果做家长的不让孩子去据理力争，而是再给他一百新阿高洛作为补偿，很快孩子就会丧失进取心。一个没有进取心的孩子是没有办法战胜社会邪恶的。碰到这样的问题，是一定要战胜社会邪恶才能解决的。怎么战胜呢？据理力争！对于社会上的不公，我们一定要力争。**对于这种不公，孩子们力争并取得胜利后，再也不会惧怕这个社会，再也不会惧怕跟人沟通。如果家长在遇到这种事情的时候教孩子息事宁人，自己给孩子钱作为补偿，再遇到这种事情，孩子还是不会面对面地去力争。**

每当看到孩子们遇到困难，我的心也在淌血，但我明白，社会的竞争是残酷的，现在把孩子们养在温室里面，将来只能加速他们的枯萎，做父母的必须培养孩子从小自己解决问题的能力，培养孩子的抗挫折能力。

人的一生中，遇到挫折是十分正常的。有些挫折在父母的提醒下可以避免，这种时候父母可以事先给孩子做些功课，避开挫折。有些挫折是孩子得自己面对的，这个时候父母不要因为害怕就不敢把孩子推出去，始终把孩子保护在自己的羽翼之下。人生的路必须要自己走，孩子总有一天要自己面对这个社会。父母可以做的除了在孩子跌倒前给孩子忠告外，还可以在孩子跌倒后给孩子鼓励，帮孩子再站起来。

要知道，挫折虽然可能使人沉沦，但也有可能助人铸就坚强的品质，成就非凡的人生。法国作家巴尔扎克就说过："挫折就像一块石头，对于弱者来说是绊脚石，让你却步不前；而对于强者来说却是垫脚石，使你站得更高。"

我给孩子们讲过这样一个故事：草地上有一个蛹，被一个小孩发现并带回了家。过了几天，蛹上出现了一道小裂缝，里面的蝴蝶挣扎了好长时间，身子似乎被卡住了，一直出不来。天真的孩子看到蛹中的蝴蝶痛苦挣扎的样子十分不忍。于是，他便拿起剪刀把蛹壳剪开，帮助蝴蝶脱蛹出来。然而，由于这只蝴蝶没有经过破蛹前必须经过的痛苦挣扎，以致出壳后身躯臃肿，翅膀干瘪，根本飞不起来，不久就死了。自然，这只蝴蝶的欢乐也就随着它的死亡而永远地消失了。

孩子们当时听后非常难过。我跟他们说："这个小故事也说明了一个人生的道理，要得到欢乐就必须能够承受痛苦和挫折。这是对人的磨炼，也是一个人成长必经的过程。大海里没有礁石激不起浪花，生活中经不住挫折成不了强者。你们的人生道路上也会遇到挫折，这些挫折必须你们自己去面对。如果在你们遇到挫折的时候，妈妈像故事中那个小孩一样，帮你们解决了眼前的困难，你们自己就不能很好地成长，今后再遇到挫折还是会一筹莫展。但是，你们要记住，不管在什么情况下，妈妈都是爱你们的，都是你们的坚强后盾。你们遇到苦难、遇到挫折可以找妈妈商量，妈妈会给你们意见。”

在孩子遇到挫折的时候，父母不能越俎代庖，但也不要走入另外一个极端，对孩子不闻不问，让他孤孤单单一个人去面对苦难。这个时候，要让孩子知道不管发生什么事情，父母都在这里，在需要的时候，父母还可以给予适当的意见和建议。我们一定要给孩子勇气，让他敢于面对挫折。要知道，挫折并不可怕，可怕的是失去了面对挫折的勇气！

其实，很多时候是父母的溺爱和过分保护，消磨了孩子的勇气。如果你希望自己的孩子是一条跌倒了自己爬起来重新开始的汉子，你就要他自己面对挫折，在挫折中自己成长。而父母需要做的，则是做孩子的军师和精神支柱。

有偿教育≠用钱培养孩子

出去演讲，会有一些家长跟我说："沙拉老师，看了你的那本《特别狠心特别爱》，觉得写得太好了，现在我们家也在实行有偿教育机制，家里的家务活都被孩子有偿承包了，但是他经常会跟我提高价钱，怎么办呢？"

有偿机制不是这样的，我常说礼物不是做事情的动因，所以我尽量不会把获得礼物作为儿子做家务事的交换条件。我们很容易偷换概念，我们说有偿机制，并不是把有偿机制作为交换条件。

有偿教育并不是说你洗一个碗我就要给你一块钱，认为小孩在家帮忙做了一点家务就要给物质鼓励。首先是要小朋友自己感觉到，我是这个家的一分子。这种意识来源于父母对子女的尊重和对家庭经济的公开。

现在很多家长觉得自己赚很多钱，怕让孩子知道，还有很多家长觉得自己没赚钱或者赚钱少，怕被孩子知道。当你经济公开的时候，

沙拉和不丹小朋友

因为孩子还处于世界观、人生观和价值观没有完全稳定的阶段，所以我们做家长的并不是说我赚五万我就要告诉他五万，这个当中可以有一点非常漂亮的、善意的谎言，让他感觉到我们的钱刚刚够，这是一种技巧，也是一种艺术。当你去跟自己的小孩沟通的时候，如果你纯粹是以父母的身份的话，那你缺少了老师的角色。仅有父母的身份是不够的，因为天底下父母对子女的爱是无私的，你把所有的无私都完全给了这个有私的孩子，会让这个孩子更加自私。因为孩子不光是在家里长大，他还接触到社会，他是社会的一分子，他回到家的时候，你的完全的无私的灌溉便出问题了，造成了小孩子的贪婪。自以为是再加上贪婪，如此一来，教育已经到了一个岌岌可危的地步。

小孩子做事情，礼物不是动力，我们要让他明白他是家庭成员的一分子，从开始跑到终点站，他始终是这个家庭的参与者。我们首先

要培养的是孩子的家庭责任感，绝对不能用钱去培养孩子。

在我的第一本书《特别狠心特别爱》中，我提到有偿机制，那是在贫穷时期，我们要带动我们的孩子和我们共同面对，我们要克服困难，我们要创造未来。我们只有克服了困难才能创造未来，但是我们作为父母，力量很单薄，需要请孩子们和我们一起努力，我们用有偿机制培养了孩子。

但是，在不同的时期我们再反过来看，今天的这个有偿机制是不是走入了歧途呢？我说是的。小朋友洗一个碗要一块钱，那么我请问，你吃我的饭，你是不是要给我一块钱呢？我一直强调不同的时期有不同的要求，社会在进步，人类也在发展，我们教育孩子的具体做法也要因时而异，并不是之前我们说有偿机制而今天我们说礼物不是动因就有矛盾。

家长让孩子帮助做家务，不能以减轻自己的负担为目的，不能以金钱做诱饵，让孩子做家务最重要的目的是锻炼孩子的劳动能力，培养他们作为家庭一员的责任感，让他们体会帮助别人的喜悦感。如果孩子只是为了得到一定的报酬才做家务，谈何责任感的培养？

有一个妈妈平时对孩子凡事包办，导致他任何家务活都不会做，也不愿做。后来她意识到这样不好，正好接触到了有偿教育机制，就想用零花钱来调动孩子的积极性。于是，她把所有家务活都明码标价，收拾桌子、刷碗、洗衣服都定好不同的价格，孩子干什么活就给多少钱。这样一来，孩子虽然乐意做家务了，可是挑三拣四，只做自己认为性价比合理的几种，并提议给其他定价“不合理”的家务活涨价。更让她始料不及的是，从那以后，让他做什么都要先问价钱，请他帮忙接个快递也要钱，去爷爷奶奶家时帮忙递一下老花镜都要钱。

我可以明确地说，这个妈妈的做法是对有偿教育机制的极大误解。

我们说有偿教育机制，并不是让你把家里所有的家务都明码标价。你要让孩子明白，他也是这个家庭的一分子，他应该承担一些家务。

假如孩子付出的劳动是家人本来打算花钱请别人做的，那么这个钱当然可以给孩子。在这里有偿机制是指这件事情由别人来做是需要付出报酬的，那么这样的话，自己的孩子来做当然可以付给自己的孩子。

另外，当孩子到了五六岁或稍大一些，家长就不要再包揽所有家务，而应该适当让孩子参与做些家务，比如收拾房间、浇花、倒垃圾、择菜、洗碗等。家长应该积极鼓励孩子做些力所能及的事，让孩子知道，做家务是每一个家庭成员的责任。但是当孩子承担了超乎想象的工作时，作为激励，还是可以考虑给予孩子适当的金钱作为报酬。金额不用很大，只要是孩子自己劳动所得，他就会特别珍惜这种“鼓励”，以后做事会变得特别勤快，也更主动。

很多犹太家庭都鼓励孩子早点尝试有偿的劳动。不过，他们的孩子打的这些工，在我们中国人眼里，是很上不了台面的，比如餐馆跑堂、家门口卖二手玩具、当清洁工、自由市场练摊等。我记得《家庭教育》杂志曾做过一次统计，表明打工越早的人，日后的年收入越高。因为打工早，事业起步早，投资概念醒悟早，更容易在日后正式就业大军中脱颖而出。

儿子班上有个富豪的儿子，跟他一起在一家面包房打工，他爸爸用这份收入，帮他开了一个银行账户。难道他爸爸指望他用这个账户来养家糊口吗？在学校的家长恳谈会上，我见到他父亲并跟他请教了这个问题，他父亲说：“在我看来，这个账户是一个非常有力的例证。可以让孩子从小明白一个原则：不能不劳而获。这个世界上没有白来的粮食，你必须通过对社会做出贡献而得到报偿，通过努力而获得成功。另外，账户还让我的孩子看到他劳动赚到的钱是如何升值的。如果他愿意把钱做一些小型的投资，比如买一些小商品，并批发出去，我很乐意给他指导。希望这样培养他通过劳动实现目标的习惯和能力。”

通过劳动获得成功，这就是犹太父母要教授给孩子的劳动伦理学。犹太父母从小给孩子灌输这个理念，恰恰是要培养孩子做人的责任和尊严。而有这种责任和尊严的人日后一定会事业有成，这也是不争的事实。

我在这里特意把有偿教育机制和给钱做家务拿出来讲，是因为有太多的人看我的第一本书《特别狠心特别爱》时对有偿教育机制这个概念存在着误解，把有偿教育机制简单地和给钱做家务画上等号，于是把家里的所有家务都明码标价给孩子选择。作为家长，你首先要明确一个概念：孩子也是家庭的一分子，他也有义务分担家里的家务，而不是为了钱才做。只有家长改正了自己的观念，孩子的行为才能跟着纠正过来。

我们在以色列的时候，实行有偿教育机制是让孩子帮忙卖春卷，孩子们卖春卷所得并不是完全归自己所有，还得扣除成本给我，这其实跟我们平时做生意是一样的，你去别人那里进货也得给钱，我并没有因为是自己的孩子就把春卷免费给他们去卖。同时，孩子在家帮忙做家务也是没有报酬的，那是他们作为家庭的一分子的分内之事。成功人士都不是靠赚家里人的钱成功的。

做父母的要鼓励孩子多走出去打工，或者组织跳蚤市场卖自己的二手玩具、衣服、书等，而不是单纯在家里做家务赚钱。要知道，孩子最终是要走向社会的，孩子长大后参加工作，给孩子付钱的也不是父母。

孩子不是你的附属品

我们一直说家庭教育最重要的任务是培养孩子成人，而成人，首先就要让他成为一个独立的人。在父母的心里，要把孩子看成一个独立的人，而不是你的附属品。孩子也有自己的权利。

比如我们要给孩子选择权，同时也得让他明白，所有选择都意味着必须有取舍，自己权衡，而且选好后不能反悔。我们现在的家长是不允许小朋友有选择，也就不存在放弃，“拖拉机”家长遍地是。家长认为自己很辛苦，小朋友也没有快乐，因为他不存在自我选择，你从来没有给过他选择的机会，何谈自我，儿童本位也不存在。因为自小没有养成自我学习和独立的习惯，到了十几岁，还是什么事情都要问妈妈。

孩子慢慢长大的过程就是他的自我意识慢慢萌芽的过程，也是家长慢慢放手的过程。

小朋友进幼儿园一步三回头，千叮咛万嘱咐：“妈妈，你放学后第一个来接我。”当他慢慢从幼儿园出来上小学，变成：“我不喜欢你来接我，你离远一点。”回到家就说：“不是的，不是的，我们老师……”他就觉得老师在他这张白纸上画了一幅画，什么都是老师。慢慢地小学毕业，进入青春期，他的人生观、价值观、审美观又发生变化，再也听不到他说我们老师怎么说，变成我们同学怎么说。开始拼爹拼妈，某某同学的爸爸怎么样，某某同学的家怎么样，你会听到他的价值观的改变。到了高中后，就几乎不和父母沟通了，一方面，学业压力大，另一方面，随着网络的发展，孩子忙于应付网络世界，几乎没有时间和父母沟通。

孩子脱离父母是一个必然过程，我们家长能做的就是在孩子走出去之前给他足够的磨炼和教导，让他有能力在离开父母之后打理好自己的生活，让他能够面对各种诱惑与挑战守住心中的底线。有些孩子一离开父母就不知所措，还有些孩子一离开父母就开始堕落变得为所欲为，这都是因为在父母放手之前没有做好准备工作。

犹太父母非常注重对孩子放手的磨炼，所以孩子在十八岁以后就完全具备了独立生活的能力。到了以色列之后，受到犹太文化影响的我，也开始从小培养孩子们的独立意识。

有一阵子，我和以华都去了特拉维夫，家里只留下辉辉一个人，那是十五岁的他第一次独自留守家中。对做妈妈的我来说，小儿子一个人在家，心里肯定是七上八下。但是，这时的辉辉跟在上海时的辉辉相比，已经发生了脱胎换骨的变化，不仅是他的个子长高了，更重要的是，他的自立、自强意识已经在身心深处生根发芽，并化为实际行动。

把我和哥哥送到车站后，辉辉就自己一人当家做主。家里没有了妈妈和哥哥，静悄悄的时间里，辉辉一个人是如何度过的呢？他记着我的叮嘱：不要虚度时光。他把所有的希伯来语单词都贴在墙上，一边做家务，一边背单词。在辉辉留在老家的这段时光中，小狗阿菲跟他“相依为命”。阿菲只是一条很矮的无名的小狗，辉辉把它也当作一个重要的家庭成员来照顾，还照顾得无微不至。

一个月后，辉辉那学期的课程结束了，他来到特拉维夫与我和以华团聚。可小狗阿菲不能一起带过去，因为还没有给它办狗证，辉辉就只得暂时先把它寄养在邻居家中。说来也巧，有一天，我回老家办事情，忽然发现垃圾场旁边有只狗在叫，声音特别像是我们家的阿菲，但是它的腿不知道怎么断了。我上前一看，这不正是我们家的阿菲吗？辉辉一听说阿菲的遭遇，马上坐了三个半小时的车从特拉维夫赶回来。他带着阿菲先去打针，然后又坐了三个半小时的车，带着阿菲来到我们在特拉维夫的新家。辉辉给它熬粥、煮药，折腾了一个多月，终于把阿菲调养好了。

辉辉这段独立生活的经历，给他提供了一个成长的机会。这种事对中国母亲来说不可思议，对犹太母亲来说却很寻常。邻居家像辉辉那么大的孩子基本都有独立生活的经验。刚开始，我也不放心，毕竟我当年下乡去高邮生产大队锻炼时，还比辉辉此时大一岁呢。

可是，辉辉用自己的实际行动让我相信他是个有独立生存能力的男孩子。他每天打电话跟我汇报他一天的情况，电话常常一打就是一两个小时。“妈妈，我今天数学考了全班第一名！”“妈妈，我今天吃了木耳炒圆白菜,特别香,我还邀请邻居家的朋友一起过来吃！”“妈妈，我和朋友晚上一起去自由市场练摊了，你知道吗？风油精销路特别好，我已经跟上海的朋友说了，让他们再帮我邮寄一包过来！”“妈妈，我今天改善了下生活，和阿菲吃了顿扬州炒饭，还加了很多香肠。阿菲都吃得走不动了……”

辉辉已经完全可以担负起一家之主的责任，我和他哥哥以华不在家，他把整个家管理得井井有条。一个月后，他赶到特拉维夫与我团聚，他个子长高了，居然还胖了，让我都不得不佩服这孩子的生存能力。

当然这种独立生活的能力不是你把孩子一个人留在家里就能培养出来的，这必须在平常的生活中一点一滴地积累。

第一，培养孩子的判断能力，遇到事情让孩子自己做决定，家长尽量不干涉。一个人如果从来不自己做决定，什么事情都等着别人指挥的话，就很容易优柔寡断，从而丧失判断力与自信心，而这些是很难再找回的。家长们应该有意识地让孩子从小就遇事独自做决定，甚至创造条件让孩子做决定，慢慢培养孩子的逻辑思维能力与判断能力，进而培养孩子的独立性。

第二，在孩子迷茫时，给予方向性指点。孩子的知识与阅历毕竟有限，不及大人对事物的理解与判断力。而在生活中，总会碰到一些超出孩子能力范围的事情，这个时候孩子就会很迷茫与无助。这个时候当孩子寻求你的帮助时，家长要给予孩子方向性的分析与处理事情的思考方式，帮孩子指点迷津，但不要帮孩子做决定或者干脆帮孩子把事情解决好。相信孩子，当孩子走出自己的思维定式之后，他自然就会明白，然后自己去解决问题了。

第三，鼓励孩子在生活中不断尝试、不断成长。如果要培养孩子的独立能力，就要让孩子自己去尝试、去体验。当孩子表现出不理智或是笨拙的行为时，不要马上去制止，而是让他自己去体验整个过程，当然这要在条件允许、安全且不违反原则的前提下。让孩子在过程中学习进步，才是真正的独立能力的培养。

孩子有能力独立完成的事情一定让孩子独立完成，而不能任由孩子一时的懒惰与调皮而放任他。坚持下来，就能培养孩子独立完成事情的好习惯，而不是遇事首先寻求大人的帮助。

孩子没有能力做的事情，尽量教其方法与技巧，但是坚决不能代为处理。这样可能会比较麻烦，而且不是一两次就能学会，往往比直接帮孩子做了更加困难。但是一旦孩子学会了方法与技巧，就能一辈子受用。所谓授之以鱼不如授之以渔，就是这个道理。

第四，做错了事情，要让孩子勇于承担责任，从小做一个有责任心的人。不管大人还是孩子，都会有做错事情的时候，毕竟人无完人嘛。当孩子做错了事情之后，不要简单粗暴对待，对孩子发火或是责骂孩子，而是应该教导孩子如何去弥补自己所犯的错误以及主动承担责任，为自己的错误行为负责。从小培养孩子做一个有责任心的人，在以后的生活中，他才能担当起重任。

通过一点一滴的长久积累，总有一天，你会发现孩子有一个完美的蜕变，变成了一个独立自主、有责任心的人。

及时给孩子精神“断奶”

这是在一次讲座过程中，一位妈妈的自白和反思：

儿子，今天你又装作若无其事地暗示妈妈，说市中心的房价又在飙升，如果再不行动，或许以后你和女友连一间栖息的小屋都没有。我淡淡地看你一眼，终于没有像你希望的那样，说出“妈妈给你们买”这样的话来。而你，也在尴尬的沉默里，随即气嘟嘟地放下碗筷，甩门出去。我从窗户里看着你远去的背影，瘦削，懒散，有一点任性，你还是赖在父母怀里，始终不肯独立。

可是，亲爱的儿子，你已经二十五岁了，有一份稳定的工作，有一个需要呵护的女友，还有两位日益老去、需要你照顾的父母，难道这些还不足以让你成熟，让你彻底地离开父母的羽翼，放下啃老的惰性，独自去承担一个成人应该承担的责任吗？

记得从很小的时候，你就习惯有事找妈妈。你总是说：“妈妈，我的衣服脏了，你帮我洗洗。”“妈妈，明天我们去郊游，你帮我收拾好要带的行李。”“妈妈，女友想吃老醋茄子，记得下班后给她做。”

一直以来，我也习惯了听你这样吩咐，总以为，对你的每一点好，你自会记得，且在将来我们老去时，可以得到你同样细心的呵护和照料。而我和你的父亲，也节省下每一分钱，为你在银行开立了单独的账户，只为某一天，你拥有了自己小家的时候，能取出那些钱来，给你一份切实的帮助。

可是如今，我却发现，这样牺牲自己、全力为你的方式，并没有培养出我们想要的那个懂得珍惜的孩子，反而造就了一个羽翼退化、意志严重消磨的社会弃儿。我们越是爱你、纵容你对父母无休止的依赖和索取，你心底里的自私和懒惰就越是无休止地滋长……

你五岁那年，要妈妈帮你整理满地的玩具；十岁的时候，看见同学脚上气派的皮鞋，你就哭闹着让我也去买；十五岁时，你写情书给班里的女孩子，说“我妈妈认识很多人，谁要是欺负你，尽管告诉我”；二十岁那年，你读大学，每次打电话来总是抱怨，说食堂的饭菜如何糟糕。

如今，你每天回家来蹭饭，还时常带女友回来居住，我一边工作，一边还要为你们的一日三餐奔波劳累。这番忙碌，让我连一丝的微笑也无法挤出。

我终于承认，二十五年来，我对你无节制的宠爱，是一个多么大的错误。

亲爱的孩子，我不得不残忍地告诉你，今天之前你的生活与我息息相关，而你今后的道路，我将不再过问。

也请你像那些自立自强的人一样，从父母的身边搬走，用自己的薪水租房去住。我会给你鼓励和勇气，可是我不会再给你金钱上的帮助。

孩子，妈妈很抱歉，不该这样爱你。

听完这位妈妈的自白，我很想知道大家内心的感受，你们是不是也每天为孩子整理满地的玩具？你们是不是也操心着饭菜能否满足孩子的口味？你们是不是也辛苦工作来满足孩子的面子要求？你们是不是也不舍得吃穿只为给孩子存下一笔房款？……

在这里我要呼吁我们的父母不要重蹈这位母亲的覆辙，不要亲手培养一个啃老族。

顾名思义，啃老族就是身体上已成年，但是心理上还是婴儿的一群人。因为父母长期以来无微不至的照顾或者说溺爱，让他们成了“超龄婴儿”，精神上一直还没有“断奶”。父母一味地满足孩子，对孩子的要求有求必应。

不得不说，**啃老族的养成，父母要负很大一部分的责任。**现在很多父母从小对孩子百般呵护，不让孩子受任何委屈，直接导致孩子的适应社会的能力较差。大多数父母在抚养孩子的过程中，更关心孩子的生理健康，比如衣着是不是避寒保暖，饮食是不是营养可口，却忽略了更重要的方面——不关注孩子人格是否成熟等精神健康，不注重孩子的独立性、生存能力和家庭责任感的培养。也正是这种根深蒂固的传统观念，造成了孩子“在父母面前永远是孩子”的依附心理，使得孩子在精神上无法“断奶”、经济上难以独立。

此外，随着社会物质条件越来越丰富，人们消费能力越来越高，有条件的家庭都尽量满足孩子的所有需求，即使家庭困难，也会想尽办法满足孩子的要求，甚至一家人节衣缩食给孩子置名牌衣物，名副其实的“寒门养贵子”。在就业时，因为社会工作岗位有限，再加之对学历、岗位的要求较高，那些从小就在高起点长大的孩子，虽然暂时离开了父母的保护圈，但每当遇到困难与挫折，还是希望回到父母的羽翼下挡风避雨。

还有一种情况，是在孩子找工作的时候，当父母听到一个月工资才两三千，怂恿孩子不要去，在家待着等待更好的机会。可是，经常遇到的情况是经过了长久的等待却没有更好的机会出现，要知道守株待兔这种事情往往没有好结果，机会永远是给有准备的人的。就这样孩子在家蹉跎成了啃老族。

父母往往会认为培养了一个大学生，工资理所当然要高——完全按照自己培养时的成本作为回报标准，他没有想到更深的一步，我们是在为社会培养人才。做家长的没有自我牺牲精神，什么事情都是为自己、为小家庭着想，总是觉得自己应该怎样怎样，总是想当然地认为大学毕业了就应该有五六千的工资。

我先生的孩子大学快毕业的时候，我问他大学毕业后的期待薪资，他跟我说一个月五六千，但是他真正工作的时候并没有拿到那么多。也许他很失望，但是事实就是这样，不是所有的人都可以拿五六千块。这个需要时间，一段时间以后，如果表现突出，工资自然会提高。希望我们的父母也摆正心态，不要拖孩子的后腿。

对于大学生啃老族，一定程度上是由于他们经历得太少，不懂劳动光荣，没有劳动的经历，家长也没有创造条件。等到有条件的时候，家长又拖后腿。

大学生是社会的一员，当国家发达进步了，大学生的比例会越来越高，等到那时候，劳动力又由谁承担呢？大学生也是劳动力，国外的大学生也可以开卡车。大学生的多少反映了一个国家的文化水平，但是却跟工资毫无关联。培养大学生是你自己的事情，你可以不培养大学生，但是你一旦培养了，这个大学生就是国家和社会的，他是整个国家国民素质、国民修养提高的一个表现。一个国家大学生越多，国民平均受教育的程度就越高，这个国家的文化素养也就相应越高，可这跟一个大学生工资多少不绝对挂钩。我们现在很多家长认为我的孩子大学毕业了，工资太少不如不去。我在这里提醒家长：孩子啃老，你有责任。你没有给他鼓励，没有跟他说一千块也可以，两千块也可以，只要劳动，都是光荣的；没有告诉他如果他真有才华，他可以在工作中彰显出来，得到升职加薪的机会，即使实在做得不喜欢，还可以跳槽。但是我不喜欢不劳动的孩子，我更不喜欢纵容孩子长期窝在家的家长。

父母们，请及时给你的孩子精神“断奶”，不要亲手培养啃老族自食其果，等孩子大了本应回报你的时候还在一味向你索取。

如果不想让你的孩子成为啃老族，不希望自己到了该退休的年纪还在为了孩子拼命工作，那么，从现在开始改变你的教育观念。这也是我一直强调的，要注重孩子的生存教育、人格教育，要培养孩子的独立性。

做父母的必须从小培养孩子的劳动观念，让家庭教育生活化。家庭教育的目的不是培养只会读书的少数精英，而是培养具有社会生存能力的人。父母通常是孩子的模仿学习对象。从小父母就要有意识地让孩子参与家务劳动，培养劳动意识，锻炼劳动能力，让孩子自己照顾自己，树立劳动观念。长大后父母要让子女自力更生，另立门户，把子女推向社会。要培养孩子与人交往的能力，孩子迟早要离开小家，走向社会这个大家，接触更多的人，善于与人相处、乐于与人交流、具有与人合作能力的人踏入社会后更容易如鱼得水。培养孩子快乐的情绪和良好的性格，教育和引导孩子热爱集体、热爱生活，不要将眼光仅局限于与自己有关的事物上，要看得更高更远。

但是很多家长有矫枉过正的现象，怕孩子成为啃老族，所以对孩子的一切要求都不予以满足。而且我们的家长在不满足孩子的时候经常是意气用事的，容易意气用事地不满足孩子。比如今天心情很不好，觉得特别生气，孩子要的东西就是不给。我自己身上也发生过一件这样的事情，我想我女儿对这件事肯定记忆犹新。

那是女儿十一二岁的时候发生的一件事，有一天女儿又不肯好好吃饭，坚持要吃汉堡。我陪着女儿去汉堡店买了一个汉堡，买完以后直接丢在地上，然后又捡起来扔进垃圾桶，就是没给女儿吃。那天为什么会这么做呢？一是因为我当天特别累，身体状况不是很好，但是女儿还一直吵吵嚷嚷,让我的心情更加不好。二是因为一个汉堡十几块，当时我们家的经济条件还不是特别好，经常吃的话也是一笔负担。我跟她讲一个汉堡的价钱可以买全家人一天吃的菜，而且已跟她说了很多次，但是女儿完全不体谅，不顾家里的经济状况，只想着自己，我觉得不能再任由她这样了。

但是女儿一个人出去我又不放心，因为去买汉堡要经过巴士总站，那个地方鱼龙混杂，小混混很多。于是我陪着她去买了汉堡，却又觉得不能总是顺着她，所以又把汉堡扔了。女儿当时就吓到了，我自己也失控了，一路走一路骂一路哭，这件事情对女儿的成长有非常大的影响，这件事之后她几乎不吃汉堡。

我用这种极端方式打消了孩子吃汉堡的念头，但是事后，我对自己的这种做法有过自责，因为这件事给了我女儿非常大的仇恨感，她恨我，恨汉堡。

这是个很耐人寻味的问题，我到现在还会想我那天为什么会这样做，那是因为我自己本身有情绪。这里也要提醒我们的父母，在自己有情绪的时候尽量不要去管教孩子，首先得让自己的心情平复下来，才能做出正确的决定。

如果孩子要什么就给什么，孩子很有可能将来变成一个啃老族。如果要什么就不给什么，在孩子的心里也会留下阴影。我觉得正确的做法是在没有需要的时候尽量不给，而若是有需要的话可以适当地满足孩子，这个要靠家长自己把握好度。

隔代教育危害大

我个人认为隔代教育非常要不得。隔代教育在现代快节奏的生活中已经成了一个社会问题。隔代教育问题表现得非常突出的是，以前我们结婚的时候是希望不要有老人，而现在都希望结婚以后生孩子能够有老人帮着带。主要是因为现在很多人自己还不是很成熟，自己心理上还是个孩子的时候已经生孩子了。很多人结婚生孩子是受父母的逼迫，所以在生孩子这个问题上，一开始就留下了父母的阴影，因此生孩子不完全是小两口的事，甚至是两个家庭的事情。

隔代教育我们能看到的问题之一是代沟。老年人有着百分之百的爱心，这个爱心可以说是一种宠爱甚至溺爱。但是，大部分老人带小孩的方法不科学。有些老人会反驳："你说我带小孩不科学，可是我不是把自己的小孩带得好好的、健健康康的吗？为什么到了现在我来带孙子，你们就觉得不行了呢？"

这是因为老人没有办法按照现代的思维、理念来同孩子沟通，即老人和孩子沟通不了。

老人给子女带小孩，能帮孩子解决的就是一个时间上的短缺，帮忙接送小孩，但绝对不可以把教育孩子的责任揽到自己的头上。这个里面有两个词非常重要：主动、被动。亦即老人给子女带孩子，是自己要带还是子女请你带。主动和被动影响着孩子的父母的决定是否正确。如果老人被动地帮子女带几天孩子，那么孩子的责任还在他父母身上。如果是老人主动地说我来给你带孩子，就等于是把责任也一起揽过来了。

我不喜欢老人主动地给子女带孩子，因为这里面有太大的文化差异。我们可以培养我们自己的孩子，但是我们没有权利也没有义务去

沙拉和家人在一起

给子女培养孩子。

因为社会在进步，比如“80后”玩得最帅的游戏被“90后”一下就超越，“90后”玩得最好的游戏被“00后”瞬间就甩出很远。老年人不可以把带孙辈的任务揽到自己身上，这个问题很多。我们家如果孩子病了，需要在家里休养几天，我愿意去他家帮他看小孩。但是我不喜欢父母有事情就把孩子送到爷爷奶奶外公外婆家。很抱歉，我家不是托儿所，小孩是要在熟悉的、自然的环境中成长的。小孩如果生病了，我去照顾是正常的，就算我很忙，我也会把自己的时间安排好，因为对子女的帮助也是一种奉献。对孙辈的健康，老年人可以关心、帮忙。但是健康有两个层面，一个是生理上的健康，一个是心理上的健康，老年人可以起到帮助作用的只是生理上的健康，希望小孩子不要被疾病折磨，但是心理上的健康还是要靠孩子的父母，因为没有什么比父母的拥抱更加能够让孩子健康成长。

老人的拥抱往往是溺爱的，而父母给孩子的爱才是不可缺少的。父母的拥抱能让孩子感觉到爱，从而有安全感。而爷爷奶奶外公外婆的关爱往往是不安全的，而且很容易变成溺爱。那是不是隔代的爱就不能表现出来呢？不是的，当孩子的父母都在的时候，可以让他感受到大家庭的爱。

犹太人的父母从来不给自己的子女带孩子，他们认为如果你要生一个孩子，你必然是想深、想好、想透了，那么必然知道如何平衡工作与带孩子之间的矛盾。实际上，犹太人的孩子在成年以后，父母就不会有太多干预了。

但是中国不是这样。我们中国还有一群特殊的人，叫作留守儿童。这些孩子的父母基本上是把自己腾出来了，把空间留给了孩子的爷爷奶奶外公外婆。所以说留守儿童的遭遇是很值得关注的。如果这样的人群越来越多，将来很可能成为社会的一大隐患。请问一个对世界不好奇、对爱不关心甚至冷漠的孩子，会给这个社会带来多大的危害？

所以隔代人能不能带小孩取决于主动还是被动，帮助子女解决暂时的困难是应该的，而将所有的担子都挑在自己一个人身上则是不应该的。

上海福山外国语学校校长石惠新女士说过："来面试的孩子里，若完全是由老人带的，我这里是不收的。"完全由老人带的孩子，往往思维方式很陈旧，与社会脱轨，而且很容易耍脾气，一切不该有的坏习惯基本都有。一般来说，老人带出来的孩子弊病多优点少。

每个老人都有自己的社会背景，受教育程度也各不相同，不同背景下的老人带给自己孩子的东西是有局限性的。因为大多数老人都曾经历过一段生活物质条件困乏的时期，所以很多老年人都有爱贪小便宜的习惯。我可以这样说，老年人带不出大气的孩子。

之所以隔代人不能负起教育的责任，有几个方面。最主要的方面是因为文化背景的不同，社会现状不同，所以老人不要主动地给小辈带孩子。主动地带孩子也会让孩子的父母产生一种惰性和依赖心理，而这种依赖性不利于下一代的健康。

很多人辛辛苦苦地给子女带孩子，却没有得到什么赞美，反而是一大堆的抱怨。我们自以为好心地去给子女带孩子，却没有得到预期的效果。如果老年人把孩子按照自己的心意带大，有两种可能，一种是这个孩子非常憨厚，一种是这个孩子非常饭桶。因此，老人更应该把注意力放在自己的生活上，比如带着自己的老伴参加一些社会公益活动，如选择适当的困难群体去慰问，以健康向上的心态去给遇到困难的家庭一些安慰。而不是所谓的发挥余热，你的余热很可能会让孩子发烧。

如果子女希望父母帮忙带小孩而父母也愿意帮忙，也一定要注意方式方法。

首先，万万不可在孩子面前说他父母的不是。在教育孩子的过程中，必须要掌握好说话的技巧，懂得应该说什么，不应该说什么。如果老人总在孩子面前说他父母的不是，不仅会贬低父母在孩子心目中的形象，而且还会在无形中养成孩子随便论人是非的坏习惯。所以，无论什么时候，我们都不要当着孩子的面贬低他的父母。

试想一下，如果一个孩子对父母没有了最基本的尊重，那么父母在教育他的时候，他还会心甘情愿地接受父母的教诲吗？恐怕很难。孩子甚至还会以“你以前不是也这样吗”为自己开脱。因为孩子会觉得，父母本身就有这方面的缺点，凭什么要求我改掉呢？

其次，当子女教育孩子时，不要去干涉。要记住你只是帮子女带孩子，教育孩子的重任还是要交给孩子的父母，毕竟他们才是孩子的监护人，负有不可推卸的养育子女的责任。俗话说“隔代亲”，老人总会情不自禁地疼爱孙辈，有时候甚至是溺爱，这种情况下很难教育好孩子，所以不如让孩子的父母来教育，自己在孩子父母时间不够的时候帮忙看管就可以。可如果老人们总是充当孩子的“保护伞”，会让孩子变得有恃无恐，根本不把父母的教育放在心上，甚至还会借助老人的力量去压制父母的管教。慢慢地，孩子就会变得越来越桀骜不驯不服从管教。到这个时候，老人帮子女带孩子的一番好意可能会成为对孩子的危害。

同时，作为祖父母或者外祖父母，如果要帮忙带小孩，也要积极学习科学的育儿方法。我们身边或者新闻中，也会提到成功的隔代教育案例，我们可以多向其学习。尤其是遇到那些与我们家庭模式或经历相类似的家庭，我们更要格外注意，可以记录下他人好的教育方法，再根据孩子的实际特点，来酌情选择或实施。

可能很多老人并不认为自己的教育方法有问题，毕竟我们都是这样教育自己的子女的，为什么就不能拿来教育第三代呢？其实不然，时代在进步，孩子将来要面对的东西也不一样，教育也需要跟上时代的脚步，我们要通过对不同教育类型的学习，来发现自己教育方法中的弊端。

另外，千万不要在孩子面前教育自己的子女。在老人心中，子女永远是自己的孩子，不管多大，哪怕他们已经有了自己的孩子，老人还是忍不住会对子女的生活指手画脚，特别是在子女教育孩子的时候，老人们经常会当着孩子的面教育自己的子女不懂教育孩子，殊不知，我们这样做不仅无益于孩子的成长，还经常会引发家庭矛盾。而这一切都可能被不具备是非判断能力的孩子看在眼里。更可怕的是，孩子可能会记在心中，学着我们的样子“教育”他的父母。子女永远是自己的孩子没错，但是现在子女们也有了他们自己的孩子，他们需要空间来教育自己的孩子，这个时候希望老人们能主动地让出这个空间。

教养观不一致是隔代教养的一个常见的问题，很多家庭因为教养观的不一致引发矛盾。做父母的如果已经决定做出牺牲帮子女带孩子，就要尽量学习新的、科学的育儿观，而且要注意不能把所有的责任揽在自己头上，我们要做的就是帮子女解决时间短缺的问题，教养这个大任还是要由子女自己承担。如果长辈愿意帮忙带小孩，做子女的就应该感恩，不能觉得这是理所应当的事。做子女的必须明白老人没有义务帮你带孩子，对于老人的付出，必须表示感谢。遇到教养观不一致的问题时，要想到老人的本意是为孩子好，请用一个委婉的、老人好接受的方式表达你的意见。

尊重而不放纵的淑女教育

随着社会的发展进步，人的权利越来越被重视，其中包括孩子的权利。我们开始承认孩子也是一个独立的人，有自己的人格，有自己的选择权，而不是父母的附属品。这是一个好现象，儿童本位、尊重儿童的思想受到重视，其实也是社会在进步的表现。

尊重，就是说不把成人的要求强加于孩子，而是鼓励孩子发表自己的意见与看法，相信孩子有自己的见解。尊重，就是把孩子当成一个有尊严有独立人格的人。尊重，就是让孩子对自己充满自信，相信自己有能力做出正确的选择和判断。

我去国外，发现发达国家的婴儿没有穿开裆裤的，商店也从不卖开裆裤。为什么？答案很简单：孩子也是人，我们应尊重他们，尊重他们也是尊重自己。所以，我们从电影、电视里常常看到，欧美的孩子在成人面前一般都是落落大方的，想说什么就说什么，毫无拘束感和害羞感。因为大人一直以来把孩子看成是和他们一样平等的人，所以孩子在大人面前能表现出平等。

你给了孩子尊重，给了孩子平等，孩子也会对你有所回馈。

我们刚刚移民到以色列的时候，两个孩子的学习我根本不用管的，他们放学后会自己回到房间开始做功课，做完了功课以后还要出来帮我做第二天要卖的春卷。孩子之所以这么懂事，就是因为我会把家中的情况告诉孩子，我们当时生活比较拮据，这些我都会跟孩子讲，也会告诉孩子我在做什么，希望他们做什么，孩子们很聪明，他们也有思想，知道自己应该做什么。到了后来孩子们会争着去交水电费，把冰箱里塞满食物。孩子们为什么会这么懂事，就是因为我跟他们是平等交流，不是我告诉他们应该去做什么，而是让他们自己意识到应该做什么，为什么这么做。

我们讲的儿童本位是不要用自己的理念、自己的观念全方位地罩住自己的孩子，而不是要唯孩子马首是瞻，孩子的所有要求都满足。但是，现在有很多父母无限放大尊重儿童，鼓吹儿童本位思想，处处以孩子为中心，父母的需要让位于儿童的需要，父母受再多的苦，再多的累，也要让孩子过上优裕的生活。这不是尊重儿童，这是对儿童本位的极大误解。这样培养出来的孩子往往会非常自大。儿童本位是指在合理情况下对孩子的尊重，而不是将儿童本位曲解成儿童首位。儿童本位是要尊重孩子，尊重科学的教育方法，但是孩子毕竟思想还不成熟，需要父母的引导和监护，父母必须把控好。而不是反过来，孩子说要什么就是什么。

辉辉读大学时，我本想让他多关注一下旅游业，因为当时中国的旅游业非常受国外的重视，这是个非常有前景的行业，但是辉辉跟我说他想试试钻石行业。辉辉跟我说了他的分析，他给以色列钻石公司的老板做过一次翻译，在这个短暂的过程中，他觉得自己和钻石结下了奇妙的缘分。尽管要成为钻石行业的行家绝非易事，钻石的鉴定和分级是一项技术性很强的工作，需要从业人员付出超乎常人的努力。对于辉辉的想法，我还是有所担忧的，但是辉辉跟我说了他的规划，我听了以后知道他不是一时兴起，于是对他表示了我的支持，同时也提醒他如果想要进入钻石行业，就要尽快在不耽误专业课的情况下辅修钻石鉴定课程。辉辉付出了超乎常人的努力，最终成为一个小有名气的钻石商。他后来一直说，是我的支持和鼓励，才有他今天的成就。

如果我当初没有尊重辉辉的意见，而是把我的意愿强加给他，他也许就没有今天的成就。当孩子的想法是经过深思熟虑的时候，做父母的需要尊重和支持孩子的想法。

但是，如果孩子的想法是不成熟的，家长还是要有所坚持。女儿妹妹再次回到以色列时，已经十岁了，我思前想后为她找了当地最好的一所宗教学校。在做这个选择时，我是有私心的。我虽然在爸爸的犹太教育下长大，但是对于犹太民族的礼仪和文化，我已隔绝太久了。我没有能力把正统的犹太文化和礼仪教导给女儿。可是，我希望女儿可以融入以色列的文化中，我希望她可以成为一个受以色列人喜爱的真正的淑女。

但是，女儿不开心。她不喜欢每天要早起上课、背着手唱《圣经》，还要穿裙子上学的宗教学校，因为不能穿她最爱的牛仔裤。她想去嬉嬉闹闹的学校。

在很多事情上，我都是尊重孩子自己的意见的，但是这一次，我替她做了主。

我认为，她可以不认同以色列的文化，但是她不能不懂得以色列的文化。比如，以色列人吃完肉食后六个小时内是不能吃奶制品的，等等。

为了让女儿在去宗教小学前有个好开端，我请了一个月的家庭教师，每天就反反复复地教她二十二个单词。从第一个字母发音开始，不停地教，实打实地学了一个月，直到她滚瓜烂熟。

当时，女儿不理解我的心情。其实，**以色列人对女孩子的培养是最下功夫的。当她读完三年宗教小学后，这些文化和礼仪在她心中已经根深蒂固了。**她每天上学时都穿着过膝盖的裙子；说话从来不会大声吵嚷；有非常好的吃饭礼仪；懂得以色列的风土和民俗；而且她会写很好的希伯来语文章，修辞能力非常强。她接受了很好的淑女教育，毫无疑问，她成为受到大家喜爱的女孩子。

我一直想找个机会跟女儿说当年这个没有尊重她个性的选择，一直想跟她道歉，告诉她那是出于母亲的私心，是为了让她学着做个淑女。我相信，有一天，当我不在这个世界上了，女儿生下的第三代移民会理解我这个外婆的苦衷和心意。 不过，我也并没有把我的私心坚持到底。当女儿从宗教小学毕业后，我就顺应她的心意，让她回到了普通学校读初中。她进初中时，英语和数学的成绩都是班上的第一名，因为宗教小学的教育是非常严格的。

女儿从当年的淑女教育中受益匪浅，她懂得以色列的文化和礼仪，所以深受以色列朋友的喜爱，人缘非常好。她可以在警察局里帮忙做翻译，可以给律师当助手，帮助中国劳工打官司，她没有文化上的障碍。有一天，女儿突然对我说：“妈妈，如果你当初没有让我读宗教小学，我可能学不到那些灵魂深处的东西。”

尊重和放纵只差一步，做家长的一定要把握好界限。有些家长尽量满足自己孩子的一切要求，让他们完全“自由”地成长，这不是尊重，这是放纵。对于孩子的无理要求，做父母的必须坚决地拒绝，这也是尊重的一方面，而不是只有满足孩子的要求才是对他的尊重。

在不同阶段、不同情况下，我们的所谓儿童本位的具体做法也是在变的，我们一定要记住几个字：以不变应万变。什么是不变？就是我们对子女的爱是不变的，我们教育的目的是把孩子培养成一个端端正正的人，这个是不变的。至于其他的东西，都是可以调整的。

▲年轻时的沙拉，摄于上海虹口公园

狠心，也要适时伸援手

有人问我："沙拉，你怎么能狠下心呢？每次我看到孩子不开心、遇到困难，我就会非常难过。为了培养孩子的独立性，真的要放任自流不管不顾吗？"

我狠心给他们定规矩，狠心给他们做家务值日表，从小给孩子灌输劳动的价值，恰恰是要培养孩子做人的责任和尊严。而有这种责任和尊严的人日后一定会事业成功，这也是不争的事实。

我狠心剪断和他们之间隐形的脐带，狠心跟他们保持百分之二十的距离，因为只有剪断脐带，才能母子平安，才能使婴儿有生存下去的希望。同样，在孩子的成长过程中，跟他们粘在一起，不给他们独立的生活空间，漠视孩子主动性的存在，表面上为他们营造出了温室一样的环境，而实际上则无异于夺去了他们独立成长的权利。

我狠心不当他们的清障机，不越俎代庖地包办，是为了让他们自己成长。孩子是父母身上掉下来的肉，父母因此就有了要对孩子的人生负起责任的想法，这种感情除了用“爱”这个词来形容外，再也找不到其他更恰当的表达方式了。但是，父母如果从小对孩子一手包办，孩子被过分的爱养懒、养散、养垮了斗志，久而久之就被培养成平庸无能的人，那则是父母爱的罪过了。

我狠心对他们说“不”，不完全按照孩子的意愿去爱他们，不是孩子喜欢什么就给什么，要钱给钱，要物给物。我对他们说“不”，让他们懂得劳动光荣，懂得珍惜生活。

我狠心在他们独立欲觉醒之前就把他们推出家门。因为**孩子迟早要跟社会接触，足不出户使“家里蹲”孩子欠缺必要的人际交往，语言表达能力得不到充分锻炼，极易形成孤僻、狭隘、内向的性格，缺乏责任心，缺少团队意识。而一旦形成习惯，就如同被圈养的动物，再想让他出去闯也不愿意了。**

我狠心在他们的床上放一条“鲶鱼”。不做他们的空降部队，有压力就立刻接管，要做他们的啦啦队，成为点燃他们美好前程的篝火。因为这样，才能培养他们积极进取的热情、坚忍不拔的韧性以及不怕挫折的精神，长大后才输得起，经得住风雨。大多数犹太孩子就是这样，在他们很小的时候，父母就告诉他们：有梦最美，行动相随。挫折是买不到的人生历练和精神涅槃，能培养永不放弃的人生信念和能屈能伸的青春本色。

有的父母会说，这样对孩子是不是太狠心，太残酷，太没有人情味了？

并非如此，把爱藏起一半不是丢失一半爱，而是爱得更深沉、更高尚、更科学、更艺术。保持百分之二十的距离，并不代表马放南山，相反，我就是远隔千山万水也跟孩子们分享心事；不越俎代庖，不是撒手不管，相反，我们每个周末都召开家庭会议，一起晒晒太阳，聊聊烦恼，家比生意更需要用心经营；跟他们说“不”，拒绝他们的要求，

▲沙拉在伊瓜苏瀑布

并不代表拒之千里，是我要让他们了解，最值得珍惜的不是五光十色的礼物，而是亲人，是快乐，是爱；把他们推出家门，不是推给社会就不管了，我会当他们的社交训练师，作为他们做人的模板。我不会没有准备就在他的床上放条“鲶鱼”，孩子的抗压能力是我们父母从小培养的，我平时不给他们下点“毛毛雨”，等到真正的挫折到了，“孔雀心态”的他们输不起就容易一蹶不振了。

有的父母会说：“说得容易，想得容易，做起来就不容易。所以，还是想爱就爱吧！别掖着藏着的！”

这样的想法大错特错！你溺爱孩子一时，可能就害孩子一世。等他迟迟不能自立，等他啃老啃成习惯，等他生存能力荒废，等你离开他的世界，等他再也啃不到白给的食物，他就会哭泣着说：“妈妈，我恨你！”那时候，你再也够不着他，你也爱莫能助。

为什么要等到那一天再放手呢？

孩子们在我六十岁生日时，对我说了一番话，让我的内心真的非常安慰、满足。他们说："谢谢我们的妈妈，她教育我们学会做人、学会负责、学会生存。现在，回头来看都是非常正确的。她把我们推出去，其实，不是真的把我们扔出去了，而是指引给我们一条路、一个方法，让我们在以后成长的道路上受益匪浅。"

这就是我所说的要狠下心。我在对孩子狠心的时候并没有对他们放任自流，在把他们放出去的时候，我已经给了他们足够的告诫，足够的训练，让他们能够面对这个纷繁复杂的世界。

尽管这样，孩子还是会有遇到困难遇到挫折的时候，有些困难是他们可以靠自己的能力解决的，也有一些困难不在他们自己的解决范围之内。这个时候，做母亲的是不是也要帮助自己的孩子呢？

我的答案是要帮！

《塔木德》里说："上帝因为看顾不过来，所以才创造了妈妈。"在这个世界上，为了孩子，就算面对刀山火海也能毫不犹豫向前冲，而这只有当父母的能做到。

做父母的在子女无可奈何的时候要施以援手，但是我们帮忙的目的并不是希望我们的孩子从此之后成为啃老族，我们帮他是因为他缺少了信心，对于缺少信心的孩子，你帮他重拾自信心，对他是一种鼓励，这才是帮他的目的。如果我们帮的目的是什么东西都帮子女安排好，那是错的，那样的话帮忙本身就已违背了我们的初衷。**在需要的时候帮孩子是一种理念，怎么帮是一种技巧，对子女完全放手，一点都不帮，这样是走入了另一个极端。**

举一个例子。男孩子对赌博非常感兴趣，现在变相为玩游戏机，其实也是一种赌博。记得在以色列海法的时候，我带着三个孩子从地铁出来，看到有人在路边玩牌，三张牌玩飞牌。儿子们走得快，我带着女儿走得慢。当我走到那里时，发现以华已经将五十块钱扔下去了。这个牌一飞就没有了，我走到摊位前的时候，人家已经把五十块钱收起来了。我就对那个人讲："你把五十块钱还给他，他还是孩子。我不管这个怎么变，也不管你这是怎么骗，但是今天这个是孩子，他是我的儿子，我们这五十块钱是要买车票的。"当时我的希伯来语不是特别好，但是能听懂。他还给了我儿子。回去以后我并没有就这件事情骂我的儿子，也没有嘲笑他。我只是跟他讲："没有一件事情是可以投机取巧的，如果在地铁站看到飞牌之类的，都是骗术。怎么可能公平地在这个地方跟你进行赌博呢？"

作为一个家长，发生类似的事情后你不应该抱怨，或者无限地夸大自己的力量。"你看啊，我帮你把钱拿回来了，要是没有我，你拿得回来吗？"类似于这种话，你不需要说。以华那一年是十四岁，他说："我看见前面的人赢了。"我说："你知不知道前面的人是他们自己人呢？"以华说："可是我看见他赢了后就拿钱走了。"我说："那个地铁站是圆的，兜一圈他又回来了，但是你却走了。"我告诉孩子生活不是露营不是野餐，没有那么容易。

讲这个故事就是要告诉大家，孩子是需要历练的。之所以会去赌博，是因为他觉得"哇，这个钱来得太快了，一下就多了五十块钱"。可是现实情况是这五十块钱一下就没了。以华比较内向，如果没有了这五十块钱他可能会沉闷很长时间。我作为母亲，必须帮助他。

当赌博的事情发生后，我趁热打铁，好叫以华明白投机取巧不可取，人还是要脚踏实地。我们中国有"万丈高楼平地起"的说法，我说："你如果想致富，想买好的礼物给妈妈，靠赌博投机是绝对不可以的，你还是得踏踏实实地每天做些春卷、写些文章，有能力的话还可以翻译点东西，我们是以平静的生活走向繁荣。我们不可能靠赌一赌就致富，你赢不了的，因为你有赌的心你就一定是输的，投机取巧是赢不到未来的。”

我再举个例子，我儿子去当兵了，但凡男孩子都希望自己能背上冲锋枪，英姿飒爽的，可因为我们在以色列没有背景，人家欺负我们是中国人，就把我儿子分到了伙食班。我儿子很失望，回来以后，他非常非常沮丧，心情很差。我了解到儿子被分到伙食班不是因为能力问题的情况后，觉得这对孩子不公平，于是偷偷去找了他的领导，据理力争，之后儿子背回了枪，整个人看上去意气风发，我看到后非常激动。如果我没有帮他，估计他就会这样沮丧下去，从而失去自信心。

我一直非常关注孩子们的情绪，在谢莫纳的时候，我自己带着三个孩子走过了非常艰苦的历程，又要做春卷，又要带孩子。我要维持生计，交水电煤气费，要吃饭，还要留一点钱给孩子请补习老师，沉

沙拉与以色列国土安全部队士兵合影

重的生活担子压在我一个人身上，但是我每天乐呵呵的。因为要维持生计，所以我没有太多的时间陪孩子们，但是我并没有对他们放任不管，我在我们家门的背后放了一块小黑板，黑板上画了三个小脸，每个人回来都要把开心不开心画上去。如果今天的脸是笑的，我知道孩子们心理没问题，是开心的；如果这个脸是哭的，我就知道这个孩子今天不开心，我就会问他：“今天不开心了？遇到什么问题了？”帮他及时疏导情绪。以画脸的方式，让他们自己来告诉我今天开心不开心，我用这样的方法跟孩子们沟通，了解他们的内心。

不管是实行狠心教育，还是生活的重担压得我喘不过气来，我都不会放松对孩子们的关心。希望我们的家长不要只看字面意思，走入另一个极端，把一个完全没有抗压能力的孩子丢出去经受风吹雨打，看到他倒在风雨中也不去扶一把，这是不对的，这会让他退缩，不敢再去面对风雨。

请记得，在把孩子推出去的时候，你已经事先给了他一些训练、一些指引，而不是把一个毫无生活能力毫无抗压能力的人扔出去，这样是害了他。我们要培养孩子的独立精神，但是不能操之过急，路要一步一步走。

还有，当孩子需要帮助或者遇到无法解决的问题时，我们做父母的要给予最及时的、适当的帮助。我说的帮助，是指家长给予孩子的环境和引导，鼓励孩子自主，不替代孩子做事情，最终促进孩子的发展，合理合适的帮助会给予孩子一个成长的着力点。

曾经在餐厅看到一个四岁左右的孩子，在用筷子夹东西玩，桌上有一颗圆圆的玻璃珠，孩子怎么也夹不起来，有点着急地喊“妈妈”，他的妈妈坐在旁边的椅子上回答：“宝贝加油，妈妈相信你。”孩子转过身又开始用力地夹，还是夹不起来，这个时候孩子看上去已经有点烦躁了，妈妈还是坐在旁边无动于衷。我走过去跟孩子说："宝贝,阿婆觉得你很棒,遇到困难不放弃。你试试轻一点夹。"孩子听后，小心翼翼地把珠子夹起来了。然后冲我得意地一笑，把珠子放下再重新夹。

当孩子遇到超出能力范围的事情，一句"加油"能够帮助孩子迈上这个台阶吗？很难。当孩子需要切实的支持和帮助的时候，空泛的鼓励并不能帮助孩子越过障碍、实现目标。那么若是直接替孩了解决呢？那恐怕则是越俎代庖，剥夺了孩子成长的机会。

做父母的要站在"安全距离"处来守护孩子，必要时给以具体有效的支持，这样孩子将会拥有更多真正的力量。我们要让孩子感受到，危急关头，我们一定会出现，他不是一个人孤军奋战。

做父母的要有一颗坚强的心，但是我觉得坚强和不坚强也是相对的。在我帮儿子争取之后，儿子背回了枪，那一刻我的眼泪也流出来了，那是一种欣慰，我很庆幸因为我的帮助找回了乐观向上的儿子。有感于这件事，再加上那个时候谢莫纳非常冷，我当时写下了这样一首诗：

坚强

我想我会很坚强

睡在防弹房，靠在冰凉的墙上

孩子们病了，我不断地起身给他们吃药换衣裳

我再回到冰冷的防弹房，没有炉子

漫长的雨季，雨点打在铁窗上（以色列很多防弹房的窗户是用铁做的）

我靠在冰凉的墙上，静静地想

我以为我很坚强
可是，眼泪还是滑出了眼眶

我以为我很坚强
送儿子去当兵是理所应当
当儿子回家，没有背回枪
失望的眼泪，从儿子的脸上滑下
我的心在颤抖，我想我一定要学会坚强
我冲到兵营，找到官长
我一定要让自己变得很坚强
我的心剧烈地在碰撞，我不停地沟通不停地诉说
我在为儿子争取，做对做错，我没有办法想
我想我一定要让自己变得更坚强
再也没有困难，没有迷失，我不想失去方向

我的恳求我的愿望我的说辞我的理想
一切的一切
当我离开兵营回到家
我觉得我变得很坚强

几天后儿子背回了枪
英姿飒爽满脸洋溢着青春的光芒
找到了理想看到了希望
看着儿子，我转过身去，涕泪成行
我真的很坚强

在孩子需要的时候，父母要帮他们，但是不能让他们知道。

在母爱面前，坚强和不坚强都是相对的，是因时因地不同的。

当你看到你想要的东西，你一定要背过身去，因为这个时候你会变得不坚强。

四、营造好家风的十大技巧

育儿如烹饪，要因材施教

有一天，一个朋友跑来跟我诉苦。朋友希望孩子学钢琴，给他请了很好的钢琴老师，但是孩子不领情，敷衍了事，一有时间就跑出去打球。我跟她说，这不是孩子的问题，是她的问题。朋友很惊讶，问：“怎么是我的问题？我给他买的是很好的钢琴，请的是很有名的老师。”我说：“你给他的是你觉得好的，不是你儿子觉得好的。你儿子明明喜欢打球，你却一定要他学钢琴，这就是问题所在。”我就跟她讲了育儿和做菜的关系。

对孩子的教育，其实就和做菜一样，对待不同的食材，我们需要用不同的处理方法，不同的器皿，不同的火候；对待不同的孩子，我们也需要使用不同的教育方法，这样才能把他培养成优秀的人才。

我们炖汤，可以用排骨炖汤，也可以用鸡炖汤，但我们可以用石头炖汤吗？不可以！每一个孩子都是一种食材，什么样的食材做出什么样的菜，一个手伸出来手指都有长短。

我有三个孩子，但是每个孩子的性格都不一样，作为父母你要去观察。哦，这个小孩是虾，讲话特别冲，那么在烧之前要把鳃去掉。我们煮鱼又不同，煮鱼要把肚子剖开，把肠子去掉，洗干净再煮。所有拿出来的东西都是孩子的缺点，我这么理解，鱼肚子里所有的东西都拿掉，这条鱼做出来鲜美可口。在煮汤的时候，因为你加了不同的调料，你加了盐、味精、糖，你想要放火腿，放的所有东西，都是为了鱼的味道更鲜美。我们的孩子也是一样，他是虾你得剪上面，他是鱼你得剪肚子。不同的孩子，就是不同的食材，所以，我想借这本书、这个故事来跟所有的读者沟通。如果抱着这种心态，换位思考，我今天做一条鱼，我得放葱啊，姜啊，如果莫名其妙放各种药材进去，你就会觉得那个鱼味道很奇怪，但是煮肉、煮鸭汤的时候，可以放一些药材。

如果家长能用这种做菜的方法去考虑教育问题，我相信他们顷刻间就领悟了——如果你的孩子不是一个适合弹钢琴的人，你为什么非要他学钢琴？这个肉根本不可以炒着吃，你为什么一定要炒？既浪费时间，又浪费精力！你满怀信心去炒这么一个菜，炒出来不好吃，破坏了你的心情 ，于是你把所有的事情都怪在这个菜上，这合理吗？菜就是我们的孩子呀！

做家长的不要把所有事情都一股脑儿怪在孩子身上，菜做不好，首先要问问自己，你对自己的食材有足够的认识吗？你做菜的步骤对吗？你做菜时是带着一肚子气，马马虎虎敷衍了事，还是心情愉悦，认认真真地做呢？做爸爸也好，妈妈也好，虽然无需一张证，但是父母在教育孩子的时候，必须先调理好自己的心情，如果你连控制自己情绪的能力也没有，那么你有什么资格要求孩子在消化你的怨气的同时，还努力上进做一个善解人意的好孩子呢？

送给大家一句话，如果你想生孩子，请一定要“想好”“想深”“想透”！为人父母的时候,你的付出更多,你的牺牲也更多。孩子一直在变，在不同的时间变成不同的食材，比如今天孩子的心情很好，他是一条鱼；今天孩子的心情很差，他是一打小排骨；今天孩子的心情很圆滑，他是蹄髈。而不是说我今天是一条鱼我就永远是一条鱼,他随着人生观、价值观和自己接触的社会层面不同而发生变化，他会变得你完全不认识，怎么一条鱼变成一个大蹄髈了呢？我们要用一种浪漫主义的情怀去看待我们的孩子，跟上孩子的步伐。

孩子在不同的时间变成不同的东西，做父母的也得随机应变，用不同的东西去烧他。作为家长，我们也要跟进，我们也要学习，有些东西我们不会烧，可以看书、上网查阅或者跟其他人请教，好弄明白怎样才能烧得既有营养又可口。

我们的孩子是食材，如果你想烹饪出更好的味道，父母就得付出更多的努力。

不同的孩子会是不同的食材，有的孩子是排骨，有的孩子是鱼，有的孩子是虾，每个孩子都是不同的食材，会有不同的煮法，要用不同的调料，不同的火候。如果我们千篇一律，把每个孩子都当成排骨，或者把每个孩子都当成虾，用同样的调料去烧，那么这个虾就不是虾，排骨就不是排骨，而变成了一锅大锅菜。所以，我讲孩子是食材，就像我们在生活中每天买不同的菜，每个孩子是不同的菜，你要用心去看这个孩子今天是什么。今天这条鱼游得很好，我应该给它投一点什么饲料，让它游得更快。或者它缺氧了，我们要给它补充氧气。你如果是把小孩当成一条鱼，那就养在鱼缸里；如果把小孩当成一条狗，就养在狗窝里。

你抱着小孩在鱼缸面前看鱼游啊游，你看鱼游啊游的时候，你的

⊕中央电视台《读书》栏目采访沙拉

孩子就是一条鱼。是不是每一条鱼都千篇一律？不是的。有的鱼游得不是那么快，一直在低头找东西，有的鱼漫无目的地游过来游过去；有的鱼很胖，有的鱼不胖。当我们没有办法看到自己的孩子的时候，我们就像一个青蛙在井底，只看到头上的一片天，没有看到自己的孩子所处的那片天。我建议我们的家长去看看鱼缸里游的鱼，鱼也不一样，那为什么我们要求我们的孩子都要得一百分呢？如果都得一百分，九十分给谁呢？那就不需要九十分了，出来都是一百分。我就讲在孩子成长过程中不要有太多的攀比心理，每个孩子都是不同的食材，我们对每个孩子应该有不同的要求，不要去要求你的孩子和其他的孩子一模一样。其次在烧菜的时候也是要注意一条。我们在烧菜的时候，同样的菜，上次烧的和今天烧的也许味道不一样，因为烧菜的心情有不同。在家庭生活中，心情在培养孩子、教育孩子的时候特别重要。今天心情好，烧菜烧得特别好吃；今天心情不好，一样的食材，烧出来就不好吃。其实就是非常细微的区别，或许就是多加了一点油，或者就是多加了一点盐。

挑选食材的时候，我们还会看食材是否成熟。如果食材是一条鱼，你没等它长大就急着下锅，出来的菜一定不好吃，这时你需要的就是一点水，养着它，让它快快长大。我的大儿子以华就不是“读书的料”，同样上课，辉辉能很轻松地吸收，但以华就不行，虽然他也很努力，但就是差那么一点。可我并没有像当今的中国父母那样，逼着孩子学，天天跟在孩子后面催着做作业，上补习班，以华就是那条鱼，他需要更多的时间，需要更多的水，我能做的就是等待。

我们说的孩子就是食材，要根据不同的食材用不同的方式做菜，这个道理用一个大家都很熟悉的词来说就是“因材施教”。

犹太人把学习看作人生的乐趣，因此他们教育的理念首先就是培养孩子对学习的兴趣，他们很讲究教育的艺术，会根据孩子的特点来教育，绝不会因为某个孩子进度比较慢就打击他的积极性，而是采取鼓励的态度。犹太人有句名言：“要按孩子该走的路来充分地训练他。”犹太人认为，一个孩子在学习《圣经》上有进步，而在《塔木德》上没有进步，那么就不能试图通过教他《塔木德》来推动他进步。如果他看得懂《塔木德》，就不要勉强他学《圣经》，教孩子要教他能懂的东西。他们的这种教育理念，同孔子“因材施教”的教育原则不谋而合。

世界著名发展和认知心理学家、“多元智能理论”创始人霍华德·加德纳把人类的智能分为八种：言语——语言智能，音乐——节奏智能，逻辑——数理智能，视觉——空间智能，身体——动觉智能，自知——自省智能，交往——交流智能，自然——观察智能。我们每个人在这八种智能上所拥有的量参差不齐，组合和运用的方式亦各有特色，所以每个人都有其长处。就像我们老祖宗传下来的至理名言："天生我才必有用！""三百六十行，行行出状元。"

每个孩子都有自己独特的聪明方式，天才和人才的差距，只是天才找到了适合自己的道路。这就要求我们做父母的必须深入了解我们的孩子，根据孩子的特点找出适合孩子的道路，让他能充分发挥自己的优势。

所以我们说孩子就是食材，不同的食材能烧出不同的美味，我们不能把鱼烧出牛肉味，也不能把排骨烧出虾味。食材的特点决定了它的味道，我们要根据食材来决定烹饪的方式。对我们的孩子也是一样，不同的孩子有不同的特色，要用不同的方式去培养。如果你的孩子具备良好的"身体——动觉智能"，你却一定要培养他的"音乐——节奏智能"，其结果往往是事倍功半，吃力不讨好。

烧菜要注意火候，培养孩子也是一样，不能总是大火，有的时候需要小火慢炖，做家长的要把握好火候，对孩子的教育要松紧恰当。

烧菜的心情也很重要，心情好的时候烧出来的菜也是好的。培养孩子同样如此。要想保持良好心情来培养孩子，首先就要找到孩子的兴趣点，接受孩子的兴趣点，而不是把自己的期望寄托在孩子的身上。只有这样，你才能保持愉快的心情培养孩子，整个家庭的氛围才能融洽，孩子才能快乐地学习、自觉地学习。

我认为用餐的时候一定要心情愉快，不要在吃饭的时候数落孩子，喋喋不休地说孩子这个不好那个不对，这是非常不好的。有些家长非常爱自己的孩子，但是他们在吃饭的时候却不停地唠叨。所以我们希望把那种愉悦用餐、自得其乐的方式变成一种习惯。在孩子学习的时候，家长不要喋喋不休，要给孩子自主学习的空间，让孩子快乐地学习，相信孩子能够自己解决问题。实在遇到不能解决的问题，孩子自己就会向你请教，不需要你一直在旁边盯着指手画脚。我们只需要让孩子知道在他需要的时候我们就在他身边，这样就好了。要相信对孩子来说没有什么是不能改变的。

家长要用自己的心、用自己的意去慢慢培养孩子，书是启蒙老师，但是推动摇篮的这双手更是责任重大。我们应该努力把自己的孩子培养成有责任心、有担当又儒雅的孩子。

用孩子的亮点打垮他的叛逆

很多家长说我给了孩子自由，给了他选择权，但是孩子还是会很难伺候，在一定的时候会非常挑剔，比如对你提很多要求，调皮、蛮横、不讲道理。**我们需要给孩子空间，需要让孩子自由成长，需要尊重儿童本位，但是我们必须把握好一个度，不能让孩子牵着我们的鼻子走，界限很重要。**我们必须跟孩子说清楚，有些东西是没得选择的，并不是你一生当中所有的东西都可以按照你的意志来做选择。

比如你的父母你可以不接受吗？很抱歉，你没得选择。

我们要从小教育我们的孩子不做一盘散沙，要遵守一定的规范。这个规范不是制度和纪律上的规范，对孩子来说可能较为沉重，他们一时接受不了。但是你可以把规范变得容易接受，让孩子从小就懂得没有一个人是可以无法无天的。

以前家里条件不好的时候，辉辉这样跟我说过：“干妈给自己的女儿买了几千万的房子，你看看你过的什么生活？”

当时我听了以后，一点都没有感到沮丧，也没有感觉到不自信。我说："是吗？那你可以到那家去吃饭，为什么要在我这儿呢？哦，原来是你没得选择。因为你已经是我的儿子了，你没得选择。"当时我是这样跟他说的，然后我又跟他讲："一个人爱一个人，不是看他给了他多少，而是看他是不是有多少就愿意给多少，而且这种给往往不是以金钱来决定价值的。你还记得你十三岁生日那天的事情吗？"犹太的传统——男孩十三岁时行成人礼。我说："你走进我的房间，给了我一个惊喜，因为我当时忘了你的生日。我太忙了，要照顾你们三个，要养家糊口，真的忘了你的生日。我竟然忘了你的生日，真是太不应该了。但是日历上我都标出来了，只是当时我还没去看，可能要到中午甚至晚上才能发现这天是你的生日。那天早上你走进我的房间，拿着一张贺卡，说谢谢我在十三年前给了你生命。贺卡上写着感谢我给了你一个皮夹子（希伯来语皮夹子就是生命）。你说谢谢我孕育了你，给了你生命。这一刻，我非常感动。你拿出来的是自制的一张贺卡，你用心写了贺词，你深深地打动了我。如果那一刻你给我买一个一克拉的钻戒和一张你用幼稚的笔写的世界上最美的祝福贺卡，我肯定是选后者，那是无法用钱换来的。"儿子听了，很久没有说话。

在漫不经心的生活当中，故事每天都在发生，我比较善于思考。作为一个家长，你有很多工作，你不是单纯给予孩子温饱就可以，你还有个更重要的工作，就是思考。

当孩子有攀比心的时候，做家长的一定不要沮丧，你要努力去发现自己的长处。你要用自己的长处来教育自己的孩子，用一种美德去教育自己的孩子。你不能用你自己有多少财富来决定这个孩子对你是否尊重。我们现在走入了一个歧途，就是家长拼了命地努力要给孩子营造一个好的环境，让他衣食无忧，而忘了给孩子自强、自立、坚韧、厚德载物……所有的东西都来源于最原始的家庭栽培。原始的家庭栽培真的是很重要的。每个小孩都有攀比心，为什么我的爸爸是打工的？为什么我的妈妈这么丑？为什么我们家这么穷，人家那么有钱？……当孩子有这些攀比心的时候，我们做家长的不能自惭形秽，感到是的啊，我们不如别人。我希望我们的家长找到自己。在孩子面前你一定要抬起头挺起胸，告诉他你是一个称职的家长，你做了你自己该做的事情。你养育了他，你是他的家长，他没得选择。在接受这个家庭的时候，他也得接受你的教育。

所以当辉辉跟我讲了“某某人家给了子女什么，看看你自己有什么，什么也没给我”，我听了之后非常吃惊。这件事给我的第一反应是儿子长大了。不是说儿子长丑了，儿子变坏了，这些都没有，就是觉得儿子长大了。因为人长大了就喜欢和别人对比。没有长大的孩子他永远就在自己的家庭氛围里面转，他不可能会一下子有新的感觉。所以我觉得儿子提出这样的问题是证明他长大了，他有了攀比心。作为家长要在他的攀比心盛行之前采取措施，因为攀比心无止境。今天可以攀比这家，将来又可以攀比那家，而且在工作和生活中如果有过多的攀比心，就很容易产生犯罪心理。我一直认为攀比和犯罪是挂钩的，一个小孩一直不停地产生攀比心的话他就很容易犯罪。每个家庭都不希望自己的孩子犯罪，那么在教育自己孩子的时候，请拿出自己的思考。

做家长的需要思考，很多人会觉得孩子说了这话影响了自己的情绪，然后生气了，于是丢出一大堆的抱怨。一个抱怨的家庭，一个抱怨的母亲最不健康，远比打自己的孩子一顿更不健康。因为抱怨会成为一种习惯，你会每天抱怨。孩子在抱怨声中长大，会对生活失去信心。

那一天和辉辉谈完话，我提醒他，他在十三岁生日时的举动深深打动了我，我接下来跟他说：“一个妈妈是不是爱她的孩子，一个孩子是不是爱他的妈妈，都不是用钱来衡量的。如今，我们的物质生活越来越丰富，对于有一定经济实力的人来讲，你送一瓶香水送一个名牌包已经不可能给他的生活增添什么，用心的礼物反而更能打动人心。”那一次《星球大战》的导演斯蒂芬来，我写了一首诗送给他。我不需要给他任何昂贵的礼物，我觉得人到了一定的程度，文化也是礼物，因为我用心去写了。

当这件事情发生以后，辉辉有了非常大的改变，他再也不在我面前攀比别人。

攀比的情况应该每个家庭都会遇到，父母的处理方式会对孩子产生重大影响。我是给孩子点拨，给孩子传送美德。我肯定了他，发现他身上闪光的东西，用他的亮点来打垮他的叛逆。

他觉得他在这个家一点不合算，这么苦，这么累，人家的父母给孩子创造了多好多好的条件。在这种情况下，如果我解释、我自责、我抱怨，这些语言都是乏味、冰冷和空洞的，不起任何作用。我想了想，用非常柔和的声音告诉了他，他是一个多么好的孩子，他曾经的举动让我深深感动。“有些东西是没得选择的，但是也有东西你是可以自己选择的，比如你今后要走的路。那么这个时候你是选择每天吃鱼翅呢，还是每天吃粉丝，每天开奔驰呢，还是每天挤公交，这都是你自己的选择。生活中有很多选择是你自己给自己创造的，父母不需要给你做选择。父母只需要把你培养成一个有感恩之心、懂得回报的孩子就好了。”

千万不要拿别人的优势和自己的弱势比，那会越比越觉得乏味，越比越觉得自己没劲。

攀比心真的很要不得，这是一个社会的弊病。不同社会地位、不同阶级的人们有着不同的生活方式。我这一辈子没有背过名牌包，但这并不妨碍我出入各种高档场合。我就是背一个简单的尼龙袋，照样到高等学府去给孩子们开讲座，愿意听我讲的人并不会因为我背着一个普通的包就不听我讲了。大家也并没有因为我缺少名牌包而减少对我的尊重。我们如果希望孩子攀比心不要太重，首先父母要做到不要拿自己的孩子和别人的孩子比。

辉辉后来明白了，对于父母是没得选择的，他说："妈妈，这是我们的家。"当他没得选择的时候，他必须融入。融入的时候，他就会有一颗最平常的心。于是他把家里的点点滴滴看成是自己的责任。这点

沙拉和穆斯林小朋友

很重要，孩子融入了，他会很自觉地随手关灯，因为电是要花钱的。他是家庭的一分子，他就会随时全心地、热情地去关爱这个家庭。

小小的一个故事，改变了孩子的人生观。他给我讲别人的故事，而我只是告诉他："你看，你多优秀，你做了一张充满爱意的卡片给妈妈以示感恩，妈妈感觉到你是一个很棒的孩子。一个人的生活中没有什么是比家庭温暖更重要的，你永远是妈妈的骄傲。"

孩子需要鼓励，需要赞美，不是所有的缺点都需要百分之一百地指出。不要刺激孩子，这很不理智。比如当孩子说到某某家好的时候，我们不能这么说："是啊，他家里是好，你怎么不到他家去？你没这个命啊。"这样说会让你和孩子的矛盾越来越多。聪明的妈妈基本上都是跟孩子说好的一面。其实在那一刻我心灵深处是有一点羞愧感的，为什么同样是人，同样的环境，生活差距那么大？但那只是一个动力，当话从嘴边出来的时候，请三思，想一想我这样说是不是正确的、必须的、全面的，是不是要把心里最原始的感受跟孩子说呢。想过之后，我找了能感动他，让他知道自己的存在价值和他在我心中有多么重要的位置这样一件事跟他说。说完之后，他就静了下来，这种攀比之事再也没有发生过。如果觉得隔壁人家好，他们会默默地放在心里，当成一种动力，鞭策自己也要努力过得好。

每个孩子都会有攀比心、有叛逆的时刻，这种时候做父母的一定不能一味说教、自责，最好的办法是找到他的闪光点，让他知道他曾经很懂事，让他知道他是父母心中的好孩子。

不要吝啬你的鼓励和赞美，用孩子的亮点来打垮他的叛逆或许会收到意想不到的效果。犹太人都是赞美高手，他们相信赞美也是一种力量。犹太人有一句名言："唯有赞美别人的人，才是真正值得赞美的人。"

在犹太家庭里，父母总是不吝于称赞孩子，我们的父母不妨也试试。只要你的孩子本质不坏，即使他做了什么不好的事，也不需要唠叨训斥不停，否则只会激发矛盾，增加他的叛逆之心。我们只需要指出来，然后从其他方面找到他的优点，让他知道父母对他的爱，给他自己改正的空间。

让孩子了解家庭，融入家庭

犹太人的孩子，在家里都是小主人，不但参与家庭的各种活动，还参与家庭大事的决策，比如购买什么样的汽车、家电、电脑，怎样布置房间，怎样利用和美化庭院等，父母都倾听孩子的意见。许多孩子都帮父母干一些力所能及的家务活，比如收拾院子、种植花草树木、擦洗汽车、做室内外卫生、购买东西等。父母绝不替孩子做什么事，最多从旁提醒、参谋。有一个女孩子因为房间总是很凌乱，妈妈就订了个协议：每到周末各自彻底打扫自己的房间，晚饭前完成；平时每天临睡前要把各种物品整理好，养成随拿随放、注重环境整洁的好习惯。妈妈也就按协议不再唠叨不休。

中国有句话，叫作“不在其位，不谋其政”，想要培养孩子的责任感，让孩子适当进入家庭生活很重要。

我举个例子大家感受一下：如果我们家现在要装一个空调，由于预算有限，房子也不大，家里装一个空调就可以了，那么，这个空调装在谁房间里合适呢？毫无疑问，爷爷奶奶会谦让 ，爸爸妈妈也会谦让，自然而然地，空调装到了孩子的房间。当这件事发生在我家的时候，我实施了有偿机制。我告诉孙女 ：“因为你要做功课，所以空调可以装在你这里。但是，在你的手可以空出来摇扇子的时候，我是绝对不允许你开空调的。”孙女抗议说：“我热死了。扇子没有用的呀。”我说：“用风扇。”孙女反驳：“不行！风扇把我的作业本全卷起来了！”我说：“那你用文具盒压着。”孙女开始耍赖说 ：“我不要！”我平静地说 ：“你不要是吗？那也行，阿婆可以给你装一个空调，但是有一点，空调的钱谁出？用的电谁出呢？空调不过是一个家用电器，阿婆可以买。但是每天你都得给我记下来，你一共开了几个小时的空调。其中有几个小时是合理的，那是阿婆应该付出的——谁让我们把你生出来呢？但还有一部分时间，你本来可以摇扇子对付过去的呀。你要享受生活，那你也得付出呀！你每天开了几个小时空调，花了多少电费，你得把钱给我啊。”“哦……”她听了眼睛就滴溜溜地转。我又对她说：“你想一下，要是你觉得这个事情可以做，我就去买，要是你觉得不行，就算了。”

我家里那么有钱，但是我压着我儿子，不准他们装中央空调。不行！天将降大任于斯人，不也要先劳其筋骨吗？小孩子要什么有什么，那还了得？最后 ，我们在孙女房间里装了一个小空调。

孙女又从实际操作角度提出了疑问 ：“那阿婆，每天开空调，那么多数字我怎么能记住呢？”我告诉她 ：“首先，你得诚实 ；其次，你得善良。阿婆给你个小本子，你拿着，每天空调一开，就记下来开的时间。”这就是有偿机制。我还真的从孙女的压岁钱里扣了几块钱意思意思。“哦！”她可在意了，“阿婆，我才用了两度半电！你为什么扣我那么多钱 ？”这么小的事情，让孩子有了一个价值观，有了对钱的概念。价值观也好，适当不满足也好，有偿机制也好，这都需要父母动脑筋的呀。家教是从小培养的。

我很少让孙女洗碗，为什么？现在的陶瓷好可怕，一不小心，把手划破了，孩子会痛得不得了。但是，很多时候，我会让她给我打下手，譬如剥个毛豆什么的。为什么她就要一天到晚趴在书桌上写东西呢？难道她没有生活吗？我经常在她趴在桌子上的时候喊她："走，跟阿婆上菜场买菜去。"她妈妈就叫她："功课没有做好呢！没做好功课为什么又要去买菜？"我不理她，跟孙女说："贝贝，给阿婆拿上篮子，阿婆年纪大了。"小孩提着塑料兜，跌跌撞撞地跟上来。走在路上，她就跟我说："我每次放学，妈妈来接我，东西都是她提的。"我说："她是她，我是我，你愿不愿意跟我出去？愿意？好！愿意就你提。"小姑娘眨眨眼睛说："那等会儿买完菜呢？"我说："买完菜也还是你提。"孙女问："那我如果提不动呢？"我笑笑说："提不动我会帮你的。"孙女想了想，说："那好吧。"

这就算是谈好了。一进菜场，我就开始教她观察周围的环境。小朋友的生活很简单，作文的水平不高，内容不丰富，所以我就要带她观察生活、接近生活。

孩子们平时和生活贴近的机会太少，爸爸妈妈偶尔带她旅游，一回家就催促她："快！快写一篇作文。"我不喜欢这种方式，我建议父母不要老是追着孩子做作文，如果你没有带孩子参与到日常生活中，孩子的视野太狭窄，就算阅读了大量的课文，没有接触生活，也写不出漂亮的作文。我带孙女上菜场，第一件事情，就是让她用自己的感官去观察身边的每一件小事。我问她："菜场有什么特别的地方啊？"孙女老老实实地讲："阿婆，菜市场的味儿不好闻。"我说："行，记住了吗？"孙女点点头："记住了。"

然后我们走过去，挨个菜摊细看。"贝贝你看，这都有些什么蔬菜啊？这都是些什么季节应该出现的蔬菜啊？”“为什么在这个季节有这些蔬菜上市呢？那些反季节的蔬菜是怎么来的呢？”孩子一一观察，记了下来。

我们两个一起回来，不用爸爸妈妈说，小孩自己就写了一篇《我和阿婆》。“今天，阿婆来了……一进菜场，我就闻到了非常浓重的味道。有素菜的味儿，也有鱼虾的腥味……”孩子的眼界打开了，记下了生活带来的真实感悟。至于她作文写得好不好，中心思想总结得好不好，我觉得那不重要，重要的是小朋友打开了眼界，学会了观察生活。

我女儿在服完兵役后，就写了一篇文章，主题是“我和蛋糕”。她说，自己从十八岁入伍，二十岁退伍，在这几年的生活中，最让她受益的就是妈妈的蛋糕，“我要感谢妈妈的蛋糕”。当地的战地记者觉得很奇怪，为什么要感谢蛋糕呢？你当完了兵，成了模范战士，这与蛋糕有什么关系？女儿便与大家分享了“蛋糕”这个故事的由来。好的文章，一定是来源于生活的。

让孩子适当进入家庭，还有很重要的一点是要通报家里的情况，让孩子成为家庭的一分子，有知情权，有发言权。适当地通报家里的情况不是坏事，只要你迈出一小步，孩子就长进一大步。

你适当地通报家里的情况，如家里没钱了、家里发生事了、家里困难了，这都会培养孩子的责任感和主人翁意识。有些家长特别喜欢打肿脸充胖子，倾家荡产也得为孩子铺平道路。所谓的铺路，其实根本不是爱孩子，而是在害孩子。**家长适当地表现出脆弱一面不是坏事，生病时，让我们的孩子给你倒水，给你拿药，对孩子转变视角、认识世界都有好处。**我多次讲过，有偿机制不是让我们的孩子给我们赚钱，而是让我们的孩子懂得劳动的内涵，调动他们的生存积极性，帮助他们树立生活理想，培养他们的责任心。这就是我想要的，我觉得性格非常难转变，但社交能力是可以培养的。人和人之间的沟通很有趣，当一个人在沟通间得到了很多乐趣，他便会将这种快乐反馈出来，如果他懂得把温暖送给别人，那么别人也会把温暖送给他。

自从我跟孩子通报家里的情况以后，孩子了解了家里的状况，觉得妈妈一个人维持家很辛苦，突然就变得懂事了，有时会尽自己的能力帮我减轻负担。

比如，我们家的电费单子下来了，孩子如果觉得这个月妈妈的经济状况比较紧张，就会帮忙把电费缴了。因为有了知情权，成为家庭的一分子，孩子会非常积极。他的家庭归宿感和责任感，都是源自知情和你对他的儿童本位的尊重。

有一次孩子们坐飞机回中国，你很难想象他们在机场给我买了什么——口红！当时孩子们还小，不是很懂，买了两支口红，迪奥的口红，用的是他们卖春卷的钱，而且还放在一个漂亮的盒子里，附了一封信：

妈妈，今天在机场免税店很想给你买东西，但是买什么呢？想来想去，你一直为我们操劳，从不打扮自己，于是就决定给你买支口红吧，让你像花一样美丽。

小朋友写东西很自然。他感觉给你买东西是他的自豪，他是家庭的一分子，而不是一直是你买东西给他，他也会买给你。在我们的家庭教育当中，孩子们不管走到哪里，看到适合妈妈的东西，自然而然就想要不要给妈妈买。比如看到一个茶杯，这个茶杯挺漂亮的，买了会跟我说："妈妈我今天给你买了一个茶杯，希望你用这个茶杯喝茶的时候会想到我。这个茶杯上顽皮的小孩就是我，他虽然很顽皮，但是倒进了水之后他会给你解渴，你冷的时候他会给你送来温暖。妈妈拿到茶杯就会想到我，我一直在你身边。”

因为有责任感，把自己当作家庭的一分子，所以他们出去会给你买一些东西，让你感觉到他们一直在你身边。

有一次我非常不开心，小儿子跟我讲：“妈妈，你记住，你的背后有两座山，一个是哥哥，一个是我，我们都是你可以依靠的山。你有任何事情都不要一个人扛，你可以告诉我们，我们是你最好的倾诉对象，我们愿意聆听你所有的喜怒哀乐。在任何情况下，我们都是你坚强的后盾。”

孩子跟你沟通的时候，他不是说妈妈，你别难过，这个坎会过去的，不是这种很乏味的话，而是给你心灵一点震撼，跟你说妈妈你不要担心，你背后有我们，你什么事情都可以跟我们说，我们愿意聆听，你告诉我们让我们一起来想办法，这个世界没有过不去的坎。

听孩子们的话，你会觉得非常非常感动，于是这份感动会给你带来一份新的力量，你会觉得你又有了生活的勇气和信心。**一个富有智慧的母亲可以培养德才兼备的孩子，但是德才兼备的孩子反过来又会让母亲变得更加坚强，再回过来把自己的孩子培养得更加卓越。**

我们现在经常听到说某某孩子没有责任感，这种现象是谁造成的呢？是我们的家长！是我们自以为爱孩子的家长！你想想看，你从不让孩子了解家里的情况，从不让孩子参与家庭事务，什么事情都帮他包办，这样的孩子根本不知道责任感为何物，只知道一味向父母索取，从来不知道体谅父母的辛苦。

有人会说，孩子的学业压力大，不能再让他为家里的事情分心。以我的经验来说，让孩子了解家里的情况反而有利于他自觉学习，因为他看到了父母的不易。

还有的家长会说，我们现在不像你那个时候那么困难，孩子就算了解家里的情况也不会觉得我们很辛苦。就算家里不是很拮据，大部分家长赚钱还是不容易的。在以色列的时候，孩子的学校会组织“爸爸妈妈的一天”的社会调查，调查爸爸妈妈从早晨起床到晚上就寝所做的事情。调查总结课那天，儿子回来跟我说，好多同学都哭了，他们没想到，爸爸妈妈挣钱是这么不容易。一个曾经跟妈妈要名牌溜冰鞋的同学，参观了妈妈所在的工厂，亲眼看到妈妈和同事们一起在嘈杂的机器声中忙碌的背影。他惭愧地说：“调查那天，我看着妈妈的胳膊都累得抬不起来了。”他为自己平时不珍惜妈妈的劳动果实而惭愧。还有一个同学的父亲是报社社长，他看到爸爸和职员们为了报社的发展，不断地策划、开会，签署各种文件，是那么辛苦，他为自己平时的大手大脚自责，原来爸爸做一份事业是那么不容易。

适当地让孩子了解点儿家庭状况，从而学会体谅大人们持家的不易，不管是对父母还是对孩子，都是有百利而无一害的。作为大人，可以通过向孩子通报家里的情况，让孩子了解家境。家境富裕的人家可以让孩子知道挣钱的不易，家境较差的人家可以让孩子了解大人们持家的辛苦。而通过了解家里的情况，参与家庭决策，孩子们会更加懂得珍惜生活，责任感也会慢慢培养起来。

以色列父母怎样“富养”女孩

不少中国家长告诉我闺女要富养，这个观点没错，但是究竟怎么才是富养，很多家长走入了误区。在很多家长看来，富养就是让女儿吃好的，穿好的，从小就把她按照公主的标准来培养，但这样的培养方式只会让女孩子从小被娇惯，被宠爱，这让她在与人相处的过程中不会懂得分享。

所以在这里，我想特别讲一下女孩富养的问题。

在以色列的教育观念中也有富养女孩子的理念，不过这种富养是要附带条件的。在以色列，女孩子要比男孩子学更多的业余课程，她们要学画画，学烹饪，还要学怎么持家。只有这样才能更好地锻炼一个女孩子的修养，除了这些技能以外，在家庭教育中，做母亲的还要负责培养女孩子温柔如水的性格，要教她基本的礼仪和举止。只有具备了这些素质，今后她在组建家庭后，才能更好地持家，更好地教育下一代。

但是中国现在讲女孩富养，几乎都是娇生惯养。的确，女孩要以温柔的方式养大，从而使得她将来不暴躁。但是，我们并没有说女孩要娇生惯养啊。

其实女孩要比男孩更难养呢。难养在她要比男孩子懂更多的东西，我们要教会她更多的东西，因为女子，一个女，一个子，加起来就成为一个“好”字，这个家庭，只有女子好了才能好。家庭好了社会就好了，社会好了国家就好了，所以我非常赞同以色列是母系社会的观点。

我想，女孩子应该要学会更多的宽容和忍让，这两样东西在很小的时候父母就要给她们，因为女孩子还要有一定的牺牲精神。现在大家都在讲男女平等，这些话是讲在某些权利上男女平等，但是在生理上女人还是要生育孩子，她要比男人付出更多，她要承受的痛苦也更多。

家家都是独生子女，女孩是独生，男孩也是独生，以后就面临着怎么接受对方的问题。

富养的女儿如果遇到了粗养的生活该怎么办呢？现实社会中，愿望与结果常常大相径庭。女孩子在成长的过程中同样面临着种种磨难。自小，在求知求学的道路上，不会因为你是女性录取分数线就比男性低，差一分都将面临名落孙山的遗憾。走上社会，激烈的竞争，无情的对手，绝对不会因为你是女性而同情你，对你网开一面，放你一马。相反，身为女性，应该更爱自己，更懂得保护自己。

有一个女孩，现在在英国，已经结婚了。她的妈妈是女强人型的，总是飞来飞去，被别人称为“生意大王”。女孩两岁上幼儿园，三岁就寄宿在幼儿园，跟父母没有太多的沟通和感情。但是她很聪明，学习很好。当她十几岁要考大学的时候，突然有一段时间情绪比较低落，学习没有那么好了，结果考的不是名牌大学。父母拼命骂她怎么这么笨。

现在她二十几岁，去了英国，生了孩子，生孩子之前她打电话让妈妈在自己生孩子时要去英国陪她，妈妈说一定去。女孩感觉快要生的时候，打电话告诉妈妈，妈妈说我一定来，在你的孩子出生之前我一定赶到，结果，孩子出生好几天妈妈才来。女孩和母亲的关系越来越差。之前说到有一段时间女孩的情绪特别差，为什么呢？她突然想起她十岁的时候有一天她妈妈带着领导去看她，然后领导对她进行了性骚扰，她一直不敢说，直到最近看心理医生，才把这件事说出来。她说当时她跟妈妈说这件事，妈妈说你千万不要跟别人说。

中国人觉得家丑不可外扬，不会说出来。这是文化差异及家长的理念落后所致，理念需要进步。我们觉得羞怒，外国人觉得是对自己的保护。在性侵害方面，我对自己的女儿有过教育，告诉她遇到伤害一定要说出来，说出来对方才能受到惩罚，说出来自己才有办法释放。当然，更重要的是要教女孩保护自己，不让这种事情发生。这也是在教养女孩方面要特别注意的一点。

一位父亲曾这样教育他的女儿："一个男人要变得高贵，那是一件不太容易的事，他要有成功的事业，要有尊贵的地位，要有足够的钱财，要有良好的学识和修养……一个女孩要变得高贵则十分简单——她并不是一定要有公主的身份、豪门的背景、华丽的服饰、贵族的教育……她只需做一件事，那就是像花蕾一样把自己严严地包裹起来，就是要和那些臭小子保持距离，永远尊重自己的身体和心灵。不管什么年代，不管是东方还是西方，对于两性来说，一个女孩只要凛然不可侵犯，她在男人心中一下就会高贵起来。这个跟什么年代没关系，跟什么地域没关系，所谓新潮的观念都是暂时的。"

回过头来说，**女孩到底要不要富养，我的答案是要！但这个富是丰富的富，不是财富的富。**女孩富养，是说从小要培养她的气质，开阔她的视野，增强她的阅世能力，增加她的见识。“富养”的女孩，因从小见多识广、独立有主见、善于思考，很清楚自己要的是什么，什么是真正值得追求的东西。等她到花一样的年龄时，就不易被眼花缭乱的物质世界所诱惑。而且在我看来，女孩最应该培养的品质首先是善解人意，有一个好的性格，能控制自己的情绪，对给予她帮助的人都心怀感激，这样的女孩才是一名优雅的淑女。

我常常和我有女儿的朋友分享我和女儿相处的那些美好时光。我喜欢带女儿去喝下午茶，在放学后，在她学校附近的一个叫“公主茶室”的地方，那是我和女儿都将会永远珍藏的一段有趣而难忘的美好时光。

从我和女儿第一次在公主茶室一起喝茶的时候开始，我和她共度的时光就变得妙不可言了。茶室环境高雅，古典音乐环绕，女服务员穿着维多利亚时期的少女服装。茶室的氛围使我们自然降低了讲话声音，举手投足间都很优雅。之前，我向女儿大致讲解了一个淑女的言行举止，诸如如何入座，入座后如何适当地调整椅子等，还有用餐的礼仪，以及各种餐具的用途。慢慢地，喝茶的时光陶冶了女儿的个人修养，她的气质也越来越从容、优雅。见到我女儿的朋友都说我女儿是一个真正的淑女。我的朋友们在听了我的分享之后，很多都和女儿一起定了一个下午茶时间。她们后来告诉我，这样的方式让她们和女儿的关系亲密不少。在下午茶时光，她们给自己的女儿讲了我和我女儿的故事，讲了很多女孩子要注重的礼仪，一段时间之后，她们觉得自己的女儿举止更有淑女风范了。这里并不是说下午茶有什么特殊功效，而是在这样的氛围中，母亲和女儿更像是朋友，所以母亲说的话女儿更容易听在耳中，记在心里。看这本书的朋友，如果你也有女儿，不妨试试和女儿共享一段这样的美妙时光，小小的投入说不定会有意想不到的收获呢。

"富养"女孩,培养她成为真正的淑女(沙拉和她的女儿)

回想起来,和女儿一起喝茶的时光,真的没有白白流逝。这些时光帮助女儿成为一个礼仪上很富有的人,使她更能够为别人着想,并在各种场合,在与不同人相处的时候,都可以表现得从容自如。

但是,我并不会放纵女儿肆意挥霍。女儿十六岁生日时,我请她在上海的味千拉面吃生日面,因为她喜欢吃那里的骨汤拉面。我们点了两碗骨汤拉面,服务员给我们倒好免费供应的大麦茶。然后,女儿伸出小手一招,叫过服务员来说,给我再来杯鲜榨橙汁。我劝女儿说:"妹妹,这里有免费的大麦茶,很好喝,妈妈认为不需要橙汁了。"我是没有钱吗?不是,我只是觉得没有必要。我带女儿去喝下午茶,是为了培养她的气质,也是我和她交流感情的一种方式,不是为了显示有钱。同样,我不让她喝橙汁,也不是因为没钱,而是觉得没有必要花这个钱,我不会纵容我的女儿乱花钱。我希望给她的是精神上的富足,而不是物质上的富有。

说到富养女孩,就不得不提到与之相对的穷养男孩。有些家长会说,我就这样一个儿子，怎么舍得再让他去过苦日子呢？其实我们讲穷养男孩，也不是指物质上的穷，并非要男孩吃糠咽菜，忆苦思甜，让男孩承受不必要的非人折磨和痛苦，而是让父母减少对男孩的娇生惯养、包办代替，让男孩从小多一些经历、多一些锻炼，培养他们坚韧、顽强的性格。

“穷养儿富养女”之说不应是一种教育方式，而是一种交流方式，即对男孩要严格，培养其坚韧的品质，面对困难不退缩。在以色列，至今仍然经常能听到炮声。炮声过后，许多父母会立即带着男孩去看升起的硝烟，意在引导孩子从小就热爱和平。与女孩交流则要温柔，培养其珍惜自己、热爱生活的品质，因为对物质的追求是无止境的，越超量满足孩子的物质要求，孩子越容易出问题。

对于每个男孩子来说，无论是成长还是成熟，都需要自立自强，需要承担更多的责任，需要面对更大的困难，需要不懈的自我奋斗，可以说，成功男人的成长和成熟是一个不断挑战自我艰苦奋斗的过程。所以,穷养男孩,并不是简单地控制孩子的花销,不要给他太多的享受。这样的理解较为片面，我们所说的穷养男孩更重要的意义在于通过对“穷困”和“艰苦”的切身感受,对孩子意志、品质、性格、心态的磨砺、锻炼和培养，给孩子带来精神上的成长。

父母是孩子的社交训练师

孩子们跟朋友打电话聊天时，总能从他们的口中听到："我妈妈对人特别好！"

"对人要好，哪怕自己有十分道理是对的，也要退让，把三分留给人家。"这话是我父亲从小教给我的。

父亲特别爱给我讲故事，他给我讲过一个"恶语伤人六月寒"的故事，教我做人要留一线，这样，日后才好见面。父亲随时随地培养我的社交能力，就是希望我长大后不要在社会上吃亏，希望我能脚踏实地地生存。

父亲讲的故事是这样的：

一头熊在与同伴的搏斗中受了重伤，它来到一位守林人的小木屋外乞求得到援助。守林人看它可怜，便决定收留它。晚上，守林人耐心地、小心翼翼地为熊擦去血迹、包扎好伤口并准备了丰盛的晚餐供熊享用，这一切令熊无比感动。临睡时，由于只有一张床，守林人便邀请熊与他共眠。就在熊进入被窝时，它身上那难闻的气味钻进了守林人的鼻孔。“天哪！我从来没闻过这么难闻的味道，你简直是天底下第一大臭虫！”熊没有任何言语，当然也无法入眠，勉强地挨到天亮后向守林人致谢上路。多年后一次偶然相遇时，守林人问熊：“你那次伤得好重，现在伤口愈合了吗？”熊回答道：“皮肉上的伤痛我已经忘记，心灵上的伤口却永远难以痊愈！”

其实，在现代生活中，成功者往往都具备“极佳的人际关系、极强的工作能力”这两个重要的特点。因此，在培养孩子的社交能力上，我们绝不能掉以轻心。

培养孩子的社交能力，并非把他推给社会就行了；不干涉孩子之间的冲突，也并非意味着我们袖手旁观，毫无作为。孩子的社会交往活动是从他降生第一天开始的，他的第一任社交对象，就是作为父母的我们。他与别人的交往模式，都首先在我们这里得到练习。**我们怎样跟孩子打交道，孩子就怎样跟别人打交道。我们怎样处理我们与孩子之间的冲突，孩子就怎样处理他与别人之间的冲突。从这个角度看，我们是孩子社交能力的训练师，是他们社交行为的模板。**

父母的某句话、某个举动，父母自己没有意识到，却在孩子心里留下了痕迹。“言传身教”这四个字很有道理，我甚至觉得，父母的这种言传身教和家庭的氛围，在孩子的成长过程中，起着比学校教育更加重要的作用。

上本书说到过，要去市场练摊得先跟市场管理员沟通，刚开始我的两个儿子都发怵不敢开口。为了锻炼他们的沟通能力，我在家里帮他们先演练。

女儿在谢莫纳镇就读的幼儿园，把培养孩子学会服务他人，作为培养社会交往能力的活动之一。在幼儿园老师的教导下，四岁的女儿主动要求第一个做东，在家招待了全班同学。客人一进门，她就热情地找拖鞋，然后端出水果，拿出自己的玩具，还不时指挥我帮忙。看到孩子不把好东西据为己有，不让大家围着她一个人转，看到孩子开始学会为他人服务，学会分享，知道如何与他人相处，我感到非常欣慰。

想不到的是，受邀的小朋友都是女儿亲自打电话联系的。对一个有点内向的小女孩来说，给班上十多个小朋友打去邀请电话是个难度非常大的任务。我先教会女儿怎么用恰当的称呼问候，又让她哥哥事先用自家的电话帮她做了个彩排。在锻炼孩子交际能力方面，家庭彩排真是个好办法。反复几次，女儿就熟悉了打电话的流程。当然，到真正打第一个邀请电话时，她还是显得有点语无伦次，我和她哥哥在旁边偷笑得肚子都疼了，但是，我们谁都没有给她代劳。慢慢地，打了几个电话后，她的沟通就逐渐顺畅了。除了锻炼她给小朋友打电话，逢年过节，我还锻炼她给亲朋好友打祝福电话，让她知道还有很多人和她熟悉亲近，同时，也教她积极与人交往接触。亲朋好友接到了女儿打来的祝福电话，也会在电话里对女儿的行为大加赞赏，使女儿从中获得成功的喜悦，也逐渐变得自信。

女儿能这么开朗、自信、受大家欢迎，这和我从小注重培养她的沟通能力是分不开的。我女儿很喜欢画画，我常常鼓励她自己做一些小卡片，写上一些温馨的话语，来送同学和朋友。对于别人送的礼物，不管自己喜欢与否，都要好好保留，学会珍惜友谊。

我经常用模拟教育作为孩子社交生活的开始。我会让我的孩子在经历当中成长，比如他买车被骗、买票被骗。有时候他们口袋里揣着钱，但是去买东西时人家不会理，被冷淡对待，孩子们受到这种待遇时仍然会很有礼貌地讲“请你拿给我，因为我真的想买”。

鼓励孩子多参加社交活动，学会跟人沟通，不变成窝里横，这需要家长付出非常多的努力。家长要学会随地取材，碰到每一件事情家庭都可以作为一个模拟战场，然后不停地给孩子演练，让孩子在模拟中学到很多东西，在模拟训练中逐步成长，然后家长才能敢于放手。每件事情都可以用来作为孩子的社交训练素材，例如到菜场去买菜，孩子要跟菜农讲“你可不可以给我称点这个”，如果人很多，孩子还需要等。等待是一个过程，这个过程中可能有人不遵守秩序。我会教育我的孩子不要因为别人不讲秩序从而也跟着不讲秩序。这个很难，要有非常好的修养。修养来源于父母，首先父母要做到有修养，孩子才会有教养。

犹太人向来比较注重社交能力的培养，对孩子也不例外，很大程度上也是为了适应在这样一个社会中生存。我认识的几个朋友的孩子，留给我的印象都十分深刻。最早认识的一个男孩叫山姆，刚认识的时候他才六岁。他的母亲第一次带他来我家做客，见了我，他很大方地伸出手来跟我握手，问好，并做自我介绍，虽然稚气，可非常有礼貌。我当时很惊讶，印象中这个年龄的孩子，比较害羞的那类，见了大人一般默默无语；比较大胆的那类，见谁都不拘谨，一如既往地玩耍或者捣乱。

培养孩子的社会交往能力，家长一定要放开手脚，多带孩子出门参加社交活动，孩子只有经历种种“大场面”才能炼就良好的人际交往素质。从小多带孩子参加集体活动，也可以经常带孩子走亲访友，或把邻居小朋友请到家中，拿出玩具、糖果、图书、画报，让孩子和小朋友们一起玩玩具、吃糖果、看图书。要让孩子逐渐养成热情待客的良好习惯，如果家里来了客人，家长要让孩子相识相伴、倒茶接待。孩子长期耳濡目染，就会逐渐学会待人接物之道。这样，会使孩子增长见识、增强信心，在社会交往的时候就会变得落落大方。

㊤ 沙拉在阿根廷和中学生志愿者在一起

来到以色列后，我和邻居们都相处得很好，他们很喜欢吃我卖的春卷，有时，一些邻居大婶还到我家里来跟我学着做春卷和一些上海菜。

以华和辉辉放学回家，看见家里来了客人，总是会非常有礼貌地说："阿姨，你们好！谢谢你们来我家里陪我妈妈。你们想喝点什么，茉莉花茶好不好？我去给你们倒茶。"

茉莉花茶是我从上海带去以色列的。孩子们进厨房，把所有的茶杯洗好，把茶泡好，再一杯杯地端给来做客的邻居们。邻居们说起我的孩子们，都夸奖他们有礼貌、人品好。

我不断地教育我的孩子，做人是一切之本，一定要对人有礼貌，要与人为善。做事只利己，那是吸血鬼。

在以色列，如果有客人第一次到家里来做客，一般是一家人先介绍自己的父母，然后不论孩子年龄多小，都一个不漏地介绍给客人。当介绍到孩子时，每个孩子都是主动伸出手跟客人握手问好。而我们中国的大多数父母却不同，客人第一次来家里做客，父母只是向客人介绍家里的成年人，孩子往往被忽略。一些家长有时会担心孩子不会说话丢面子，就索性代替孩子跟人交流。孩子还没有说话，父母就先开了口："我们家孩子胆子比较小，内向，羞怯。"这样一来，孩子本来想要说话也不敢讲出口了。

这是对孩子尊严的一种漠视，这种现象在中国相当普遍，是因为父母的疏忽吗？我想不是的，父母这么做往往是有意为之，为了自己的脸面而故意忽视孩子的人格尊严。

家长不向客人正式介绍孩子，孩子就不会把自己也看成是接待客人的主人，家长没有给孩子独立人格应有的尊重，当然他们也不会自尊、自重、自信，所以不是怯懦地躲躲闪闪，就是胡闹。为了培养孩子的自尊、自信、自重和社会交往能力，在家里来客人时，请不要忘记向客人介绍您的孩子。

我的三个孩子在以色列度过少年时光，犹太人的社交教育在他们身上产生了潜移默化的影响。女儿是个“80后”，虽然她在和我相处时，会有点任性、有点撒娇，但与外人相处时，她总能特别关照别人。女儿很飒爽、很纯净，她很重感情，爱憎分明，按理说，这样的性格容易得罪人，但是她总是为别人着想，她的人缘非常好。

女儿对人对事很有分析能力，从小接受的犹太教育在她身上持续发酵。她选择朋友很重质量，这也是她在各种社交活动中锻炼出来的眼光和鉴赏能力。

女儿大了，亲朋好友们开始为她的未来一半操心，每逢见到她，就问：“妹妹，你想找个什么样的男朋友啊？”

女儿的两个哥哥都有很好的经济能力，亲朋好友都以为女儿一定会说，要找个豪门之类的。没想到，女儿跟我说：“妈妈，我真的不在乎钱，我希望我们可以‘一、二、三’一起起步。如果问我有没有更多的条件，我更想找一个学者家庭的孩子。”

女儿有这种想法一点也不奇怪，犹太人的教育历来尊崇学者，教师和有智慧的人享有很高的声望。犹太社会从古代开始，凡是被称为“他尔米特·赫里姆”（即精通犹太法典者）的人，都不必纳税，因为大家认为他们已经付出了很多的心力，对这个社会有着莫大的贡献，所以不但不必纳税，而且还要以整个社会的力量去帮助他们。有一条犹太格言是这么说的：“即使变卖一切家当，使女儿能嫁给学者也是值得的；为娶学者的女儿为妻，纵然付出所有的财产也在所不惜。”犹太人对学者的敬重其实就是对知识的敬重。他们从小就把学习知识、钻研学问当作毕生的义务。久而久之，这便成了个人的习惯，民族的传统。

孩子迟早要跟社会接触，足不出户使“家里蹲”孩子欠缺必要的人际交往，语言表达能力得不到充分锻炼，极易形成孤僻、狭隘、内向的性格，缺乏责任心，缺少团队意识。而一旦形成习惯，就如同被圈养的动物，再想让他出去闯他也不愿意了。

积极与人沟通是我的三个孩子获得成功的一个重要原因，尤其是辉辉，他像电话本一样的脑子，就如同一张四通八达的人际关系网，帮助他奠定了事业成功的基础。回想当初，我狠心不“圈养”三个孩子，鼓励他们走出家门，比越俎代庖替他们出头露面，对他们一生的影响更加深远。

单亲家庭的幸福秘籍

《塔木德》说，即使撤销合同，也要保证双赢。这句话也可以用在婚姻当中。父母离婚了，子女怎么办？根据我自己的经历，就算离婚了，也不要在子女面前说对方的坏话。我从来没有在孩子面前说过他们爸爸一句坏话，我永远跟他们说这个世界上最爱你的人是我和你爸爸，我们两个人不相爱，但是你爸爸是好人。妈妈不爱他，但是不等于别的女人不爱他，他不适合我，所以我们分手了。现在有很多离异家庭，喜欢在子女面前把对方说得很坏。

我要说的是，这个时候，即使你和对方的"婚姻合同"撤销了，也要确保双赢。一般事物都要用两分法，利人利己者把生活看成一个合作的舞台，而不是一个角斗场。但是我们现在的人等到婚姻走到尽头的时候，会撕破婚姻这张纸。

即使把"婚姻合同"撤销了，也要确保双赢，确保双赢就是要学会与人分一杯羹。

孩子是我们的，我们要怎样培养孩子？很重要的一点就是千万不要把对方说得很坏，要努力发现对方的优点，而且要不停地赞美对方，对孩子说“你爸爸真好，老打电话来关心你”，让孩子失落的一份亲情得到一点补偿。

就婚姻问题，很多人问我：“沙拉小姐，你的婚姻这么不幸，为什么孩子们都那么健康？”我说：“这来自我的不停灌溉，孩子们是花，孩子们是树，生活是土壤。如果我们不停地灌溉，不停地跟孩子说‘你看你爸爸真好，昨天又来电话了’，孩子们就会感受到来自父亲的关怀。其实来了吗？没有！做母亲的真的要学会一点掩盖，我想适当地说谎是善意的。特别在缺失父爱的孩子面前，多说父亲的好，这也就符合了《塔木德》说的‘即使合同撤销，也要确保双赢’。双赢是指你不停地把对方说得很好，你自己才会赢。你把对方说得很美——‘你爸爸又打电话来了，问起你的情况，我说你特别想他。’我用一根线牵起了两个人的手。当孩子认为自己不孤独，还有一个爸爸这么爱他的时候，我又补充一条：‘我和你爸爸不相爱，但是我们两个人都爱你。你在这个世界上不孤单，你跟所有的孩子一样幸福。’这样跟孩子说，我们就双赢了。”

如果你一直跟孩子责备对方，说他们家的人坏死了，他们家的什么什么坏死了，把对方说得一无是处，孩子的心态被扭曲了，你才真的苦死了。因此我觉得婚姻这个东西一定要学会与人同分一杯羹，不要老是去责备。在全世界的商界当中，犹太人重信守约是有口皆碑的。我把这种守信精神用在婚姻中。最初的幸福如果走不下去，孩子仍然是契约的果实，把孩子培养好是重信守约的行为，不需要讨价还价。而契约一旦签订，就要承担自己的责任。契约是神圣的，绝对不可以更改。婚姻就是一份契约，一旦走不下去，而孩子给了我，契约的果实在我的手里，重信守约，把孩子培养好就是我的责任。**作为母亲，我们一定要学会不停地在孩子面前说他们父亲的好话，然后说他们的父亲怎么关心他们。同时也要在他们父亲面前说孩子想念父亲。你要善于做到两头赢。家庭好了你才会好，只有两头赢了你才会得到最大的利益，我自己最大的幸福就是我的孩子们现在很成功。**不断在孩子面前说对方的坏话，就是播种仇恨。微笑带来的是财源滚滚、幸福美满，而仇恨带来的只有痛苦和更大的仇恨。

很多人问我为什么不说我的前夫不好，他那么不关心我们，也不来看我们。我会说他很好，他一直来电话的。我不断地用微笑去收获自己的幸福，收获自己的财源滚滚。

我是个坎坷、失败的妻子，但是，我不想放弃当一个成功的母亲。月有阴晴圆缺，人有悲欢离合。我离婚了，我重新选择了一次生活，在独自抚养三个孩子的岁月里，我没有再婚。我旁边没有丈夫，我有母亲的慈祥，但我缺少一份父亲的坚强，这一块缺的地方我怎么办？我就想办法给孩子弥补。我下定决心，不让婚姻的不幸影响到孩子的成长。我不能给孩子们百分之百的完整，但是最起码我可以给他们创造一个比较完整的环境。

我们中国人对婚姻改变以后的家庭关系处理比较复杂，前妻、前夫的孩子，新组合家庭生的孩子，很难做到一视同仁。我刚跟陈老师结婚时，我把陈老师的孩子当作自己的孩子，觉得要管教的时候我会严厉地管教，陈老师就会跟我讲："你不要去说他，你说他效果很不好。"再婚家庭对双方子女的教育缩手缩脚，我们的思想理念中潜藏着一种漠不关心。我们不会认为我们的结合是为了让孩子更好地成长，而是认为我们的结合让彼此都亏欠了自己的孩子，这是不对的。既然选择了一起生活，就应该要有"老吾老以及人之老，幼吾幼以及人之幼"的觉悟。

针对单亲家庭的教子问题，以色列还专门有一些辅导学校，帮助单亲孩子的家长走出教子误区。我也曾去这样的辅导学校里取过经。我常常回想起那段经历，生活是我最公正的朋友，给了我一些磨难，转而也让我发现那是笔好大的财富，我真诚地感谢生活。希望我的心得对一些单亲家庭教子能有帮助：

误区之一：情感暗示过多

很多单亲孩子的家长总是把孩子成长过程中出现的种种矛盾和问题都归咎于家庭的不完整，向孩子传递单亲家庭不正常的思想，使孩子也认为自己是不正常的。比如，一些家长经常说“孩子很可怜”一类的话，给孩子的心灵罩上阴影。其实，父母经常吵架的家庭对孩子成长的影响也很大。单亲是正常的社会现象，处理好了，并不影响孩子健康、快乐成长，别给孩子错误的情感暗示。

误区之二：一味排斥对方

很多夫妻离异后，一方带着孩子，就不愿意让对方与孩子接触，有的甚至干脆搬迁到对方找不到的地方，让孩子看不到父亲或母亲。有的有意识地把对方贬得一无是处，向孩子灌输敌对情绪。比如“千万别像你爸（妈）那样”之类的话，孩子听得多了就会在心理上对另一方形成排斥，这是许多单亲家庭孩子性格偏离正常轨道的一个重要原因。

误区之三：过分溺爱孩子

溺爱是很多家庭的通病，单亲家长表现得往往更明显。感觉自己离异了，很对不起孩子，因此，孩子有任何要求，无论精神上的还是物质上的，都无条件满足。久而久之，孩子就容易形成孤僻、自傲、任性、自私等性格缺点。

误区之四：消沉

单亲母亲首先要振作，不能消沉，特别是在孩子面前，你要永远从容不迫，这样才能让孩子有安全感。单亲妈妈还要在面对一些流言和无端的猜测时，坚持一种责任感，珍惜自己，从而给孩子树立榜样。

在我的努力之下，我的三个孩子都健康地长大，完全没有受到父母离异的影响，乐观，阳光，对我非常地关心和爱护。当我再婚的时候，孩子们用行动表示了支持。

我和陈老师结婚了，从法律上来讲陈老师就要对我负有很大一部分责任。虽然陈老师也是一个非常可靠的人，但是第一时间我还是觉得心里不踏实，觉得好像和陈老师一结婚之后，所有的东西包括精力都转移到陈老师那边去了。我自己毕竟还有孩子，孩子也有自己的家庭，有自己的妻子和孩子，他们都是我的家人，也需要我的关怀，我同样也需要他们的关怀，我其实有些担心我和家人的关系会随着我的再婚而有所淡化。

老年人再婚，不管这个老年人多有才华或者多有财富，他总会觉得再婚的夫妻当中缺失一点东西，如果双方都有自己的子女，两边的家庭关系也不是那么好处理。

儿子以华可能看出了我的担忧，他邀请我去香港玩几天。我说我没有时间，他还是坚持要我去，说带我去做个身体检查，我觉得儿子的一片孝心不能忽视，就抽时间去了。到了香港才知道，儿子想尽办法把我“骗”过去，主要是为了帮我买份保险，这份保险受益人是我，数额巨大，而且是在我七十岁之后就可以享受收益的。儿子在给我这份保险时，深情地跟我说：“妈妈，你放心，犹太人虽然不迷信，我还是给你买了这份保险。你结婚了，有很多东西在法律上陈老师要尽一部分责任，但是我们都知道再婚夫妻对方不可能尽责任尽到子女所期望的程度，所以妈妈，我给你买一份保险，不管遇到什么事情，你的心里都是铺得满满的，因为后面有儿子做你的靠山。”

这份保险是孩子们对我再婚的最好礼物，我看到了孩子们对我的关怀。这份保险的意义不在于高额的保金，而是他们让我的内心有了保险，不再有担忧，所以我才能放心地投入新的生活。孩子为父母尽心尽责，从思想、感情乃至最细小的东西，都能让我看到孩子的用心。儿子买完保险，把保单放在一个珠宝盒里面给我，说送我一份礼物。我看到盒子，以为儿子为了一条项链把我叫去香港，心想太小题大做了。打开后，里面是一张纸，我更迷惑了，为什么送一张纸？再把纸打开，我看到保单，受益人写的是我。儿子没有把受益人写成自己，从这一点来讲，我再婚后，他这个钱给了我，也就是给陈老师的，但是儿子还是义无反顾地写了我的名字，也表达了他对我婚姻的支持。

国外长大的孩子所受的原生态的家庭教育是比较宽泛的，他不会非常纠结于小细节，比如你的钱我的钱，你的孩子我的孩子，这个人性的东西是原生态家庭非常重视的。

也许是受我的影响，我所做的社会公益工作孩子们都看在眼里，所以孩子们心中的爱不狭隘。他们关心的是妈妈的幸福，不会计较妈妈都再婚了还买什么保险，到时候钱都到其他人口袋了；关心的是妈妈再婚了，妈妈的心里是不是在担心自己的再婚会让子女疏远自己。他们能站在我的立场想，然后用他们的方式告诉我，不管什么时候，我都是他们的母亲，他们对我的关心、对我的爱不会有所改变。

亲子关系比教育更重要

现在很多父母事业很成功，却感觉对孩子的教育并不怎么成功，十分苦恼。其实，衡量孩子教育成功与否，更重要的是看孩子能否感受到愉悦和幸福，能否与周围人和谐相处，能否在亲子关系中融洽自如。

我们家长不妨问问自己，是否更关心孩子如何变得让自己“有面子”？是不是更希望他能考高分，却很少关注他是否快乐，有没有朋友？这些关怀的缺失，使得父母和孩子之间总是有层隔膜，孩子总是表现叛逆，总是和父母“对着干”。在孩子长大后，和父母之间“没话说”“聊不来”。

亲子关系是一项难以驾驭的学科，但又确实是一门非常具有艺术性的科学。现在很多家长在教育子女上都存在着误区：重视教育，忽视亲子关系；重视孩子的成绩，忽视孩子的心理。这就导致孩子变得越来越不听话，家长觉得孩子越来越难管教。

亲子关系在青少年时期胜过许多教育，甚至决定孩子教育的成败。

据研究，如果孩子在十二岁之前没有和父母建立很亲密的亲子依恋，那么孩子一生的安全感和幸福感很难建立。尤其是六岁之前，如果父母没有拿出足够的精力陪孩子，亲子之间很难再建立起足够的信任和依赖。

建立融洽的亲子关系，对孩子成长的重要性不言而喻。

有很多父母说怕和孩子关系太亲密了，容易导致溺爱，而且在孩子面前没有威严。但是，强势家长往往会教育出弱势、有问题的孩子。现实生活中常看到这样的新闻报道，因为母亲太强势，孩子的性格存在某种程度上的分裂，甚至成年以后也未能摆脱母亲的控制，从未获得真正的自我。这真是母爱的悲哀，也是孩子的悲哀。

我有一个朋友，是一个强势的父亲，为了显示自己教育孩子有多厉害，沾沾自喜地跟我说他把吵着要买玩具的女儿关在门外，任由他女儿哭得喉咙哑掉，一直关到晚上才放她进来，从此以后，他女儿再没敢吵过要买什么。这位父亲常常在人前炫耀这件事，来显示自己教育孩子水平的高超。但是我跟他说："我为你女儿感到悲哀，有这么不讲道理的爸爸，她以后估计很难成为一个积极主动的人。同时我更为你感到悲哀，你女儿不再让你买东西是怕你，却不是尊重你认同你。"

每个家庭应该都会遇到孩子吵着要买东西的情况，我自己也遇到过，一般我也不会完全满足孩子，我相信延迟满足对孩子今后的人生更有帮助。但是我不会粗暴地拒绝，我会在现场和孩子们好好解释好好商量，回到家后还会跟孩子们认真解释这件事。而到了合适的时机，我可能会把孩子们之前看中的东西作为礼物送给他们，同时附上一封信或者一张小卡片，写满我对孩子们的祝福和爱。

严惩、恐吓、隔离甚至暴力，这些简单粗暴的方法只能说明父母没有耐性及理性，这样做往往会造成亲子关系的紧张，也会给孩子留下很深的心理阴影。那个小女孩可能再也不会要求什么了，但也会让她在成长的过程中对任何事情不敢主动争取，不敢表达，成为一个做人做事都很被动的人。

犹太人非常注重对孩子的教育，而且要求孩子遵守规则，但是他们和孩子关系亲密，时刻让孩子感受到父母的爱。

我认识一位犹太妈妈，她有两个孩子，大孩子四岁多，小孩子一岁多。我常常发现，无论手中正做着什么事，只要孩子需要，她都会立刻放下，先照顾孩子。那个大孩子永远都全副精力地探索世界，小的也精力旺盛地在抓、拉、爬，认识世界，而她总是不远不近地跟在后面，让孩子在需要她时能看到她，但同时，她也不干扰孩子。

这位犹太妈妈曾问我："你能发现我的孩子有什么不同吗？"我问："有什么不同？"

她说："我的孩子不用回头找妈妈，而很多孩子都会害怕妈妈不见了，总是回头找。"

总是回头找妈妈的孩子，跑不远，也不会勇往直前，充满信心。

孩子小的时候，母亲不离开孩子，孩子永远在母亲的视线内，孩子的呼唤妈妈永远都能及时地回应；等到孩子长大些了，探索的范围更大，孩子需要的时候，也能在妈妈劳作的地方找到妈妈，不会产生离开妈妈的焦虑，直到他有足够的能力，不再时时依赖母亲的呵护。

父母和孩子的亲密关系是一条隐蔽的信息链，虽然是潜在的，却非常重要。心理学家研究发现，孩子的很多问题都直接和亲子关系有关。父母在教育孩子、纠正孩子的行为之前，一定要先赢得孩子的心。

建立良好的亲子关系，其关键在于"定位"，家长要摆正自己的身份，在孩子心中树立良好的形象。不要总是高高在上，给孩子留下一种居高临下的感觉。家长可以选择和孩子做朋友，多进行沟通，不断地调整自己的形象，疼爱和严格教育相结合，恩威并重，拒绝家庭暴力，形成正确的教育方式。棍棒之下出孝子的教育理念已经是过去式了，我们现代父母，理应采取科学的教育方式。

我相信最好的教育就在你和孩子的相处中，在你和孩子坐着一起吃饭的时候，在你和孩子轻松聊天的时候，在你和孩子一起出去玩的时候，在你和孩子一起看电影的时候，在你和孩子一起为某件事共同努力的时候……

只要你付出真心，和你血脉相连的孩子怎么会感受不到父母深切的爱呢？只是这个爱也要把握一定的度，并非一味地顺从就是对孩子最大的爱。父母的爱没有条件，但是要有原则。有智慧的父母要善于在有原则的爱中维护和谐的亲子关系。

发现孩子的兴奋点

我们现在很多人在孩子很小的时候，小学甚至幼儿园就开始挤破头要送孩子进好的、有特色的学校，但是却忽视了孩子本身的特长。有一次我去某幼儿园，看到一个老师在辛苦地教一个孩子弹钢琴。这个老师跟我说：“这个孩子已经上了十堂课了，但是手放上去完全找不到感觉，我已经跟他的家长说过这个孩子是不可能弹好钢琴的，但是家长完全不理会。”这个老师问我是否有办法，我说我有办法，如果我是他的家长，我会跟孩子一起发现他的兴奋点。生活中发现孩子的兴奋点是一个非常非常重要的里程碑。你都不知道孩子最喜欢的是什么，然后你按照自己的思想，觉得我小时候特别想弹钢琴，可是家里的条件不允许，我现在有钱了，有孩子了，我一定要让孩子弹钢琴。那是你的意愿，你不能把自己的意愿强加在孩子的身上，不能把自己的思想变成生命的延续。生命是可以延续的，但是思想未必延续。因为每个人的兴奋点不一样，每个人的兴趣不一样，每个人的爱好不一样。

所以我跟老师说，你让家长给我打电话吧，我来跟他说。我在电话里对那个家长说："每个孩子都是一个独立的个体，有自己的兴趣爱好，强行培养就是拔苗助长。已经尝试过了，你的孩子就是不擅长更不喜欢弹钢琴，你再硬逼他也不会成为一个钢琴家，因为他自己不爱。"

要发现孩子的兴奋点，不能强行培养，也不能把你的思想延续到孩子身上。生命延续其实是一个自然规律，我们现在改变了生命延续的初衷，把生命延续变成自己的需要，强行塞给孩子，我需要我的孩子做什么，成为怎样的人，这是不近人情的一种行为。

前面也提过，我的小儿子辉辉在选择钻石行业的时候，其实我是更希望他读旅游专业的，但是他自己对钻石感兴趣。我作为一个母亲，就不会把自己的选择硬塞给他。我尊重了他的兴趣，他也在钻石行业取得了成就。

还有我在以色列特拉维夫的一位医生朋友对自己孩子职业选择的建议，也是我常跟中国的朋友聊的故事。有一天，我和那位朋友聊起孩子的职业选择时，他对我说："我告诉我的儿子，如果你只是想赚钱，那你不要学医。我当时听了他的话大吃一惊，问他为什么，不是有很多年轻的学生为了将来能有一份收入好的职业，才拼命地要考医学院吗？"

我的这位犹太医生朋友莞尔一笑，说："我不是反对我的孩子学医，但如果他只是为了赚钱多才学医，他迟早会后悔的，并且他最终也不会成为一个好医生。因为医生这个职业非常辛苦，先要花七年的时间读医学院，当了住院医师，常常是三天两头不能睡觉。好不容易当了主治医师，即使自己拥有了一个诊所，也每天都是和愁眉苦脸的病人打交道，没白天没黑夜的。

"我希望我的孩子是因为真正有治病救人的理想，真正有济世的使命感，才去走这条路。而不是简单地因为金钱的缘故。我不想左右孩子的未来，但是，我会给他这样一个提醒。”

部分中国家长的做法完全相反，往往看到什么热门就让孩子去学什么，完全不顾孩子的个人感受。如果你的孩子明明只对画画感兴趣，你却硬逼他去学钢琴，你觉得孩子能发挥他的潜能吗？

孩子对某种事物的兴趣蕴含着他们在这方面的潜力，重视孩子的兴趣，对孩子的兴趣进行培养，可以发挥孩子的潜力，使孩子在这方面有所作为。

我们家长的职责就是发现孩子的兴奋点。要用心去观察，发现孩子对哪些事或物特别投入感兴趣，尽量创造条件使孩子的兴趣发展下去。比如有的孩子总是喜欢拆装玩具，这说明他对机械制造感兴趣，也许他在这方面有天赋，我们就可以为他提供条件，支持他去玩、去探索，让他体会其中的乐趣，使其兴趣得以深化。又如有的孩子总是会把在学校老师讲过的知识或看到的事情带回家里来验证，这说明他有实证研究和科学探索的精神。

我相信每个孩子都是独一无二的，都有自己的闪光点，家长要善于发现自己孩子的长处，发现自己孩子的兴奋点，加以引导，让孩子自觉、自主地学习。曾经看过这样一句话：“凡是儿童发生兴趣并主动要干的事情，十有八九准会成功。”做父母的不用担心自己的孩子不成功，只要你能帮助孩子找到他真正想做的事情，总有一天他会有成就。

将心比心，沟通无碍

我喜欢带孩子去看画展，因为抽象的东西培养孩子的想象力。有很多抽象派画家的画，你站在这些画前跟孩子交流，这个时候你尊重孩子和儿童本位思想就很容易体现出来，因为抽象派你想什么就是什么，这个时候很容易和孩子对话，了解孩子的想法。我们站在同一幅画面前，不同的人看到的是不一样的，因为我们的视角、我们的想象力是不一样的，因此我们看出来的东西也是不一样的。关于抽象的东西我建议家长也能抽时间带孩子去看，能够培养孩子的兴趣，培养孩子的想象力。用发展的眼光去看的话，抽象派画家画的东西也是人类进步的一些动力。所以家长常带孩子们去看看画展也是一个不错的选择。

在艺术作品面前，孩子看到的不一定是你看到的，这个时候不要跟孩子争吵，你可以顺着他的想法，给他一些鼓励，让他觉得他的想象力真的很棒，很有意思，很有眼力。做家长的一定不要吝啬给孩子一些适当的鼓励。在跟孩子做这些交流时，我们能从中了解孩子的思想动态，也能把我们对孩子的期望用一种比较容易接受的方式说出来。

和孩子沟通是一门艺术。其实,不少父母都能够体会到孩子的心意，但是不知道如何表达，常常让双方的对话变成争吵或者指责，孩子不舒服，家长也难受。

沟通不是谦让，沟通是有“点”的。“点”是兴奋点，也是规矩点。如果沟通离开了“点”，就很无聊、无用，甚至会引起更大的纷争，而且会使彼此之间越走越远，养成一种一沟通就吵架的习惯。而找到点是做父母的责任。

我们不需要跟孩子讲很多空话，如果你讲的话很空虚、很乏味、很无聊，第一次他可以忍耐你，但以后他会反驳你，反抗你，时间长了你会觉得这孩子越来越叛逆，没法沟通了。所以，我们家长在和孩子沟通之前，一定要想深想好想透。

父母要学会跟孩子对话，而不是一味地要求孩子听话。

这是一件发生在朋友身上的事情。有一天，她的女儿在该回家的时候还没有回家。父母两人开始是责怪：“这孩子，又贪玩了。”继而是愤怒：“都什么时候了，人影都不见！”“不等她，我们先吃！”朋友说她当时心想孩子回来非得“好好教育”她一顿不可。晚饭后七八点，父母越想越焦虑：这孩子，该不会出什么事吧？遂越想越害怕，开始一个一个打电话询问女儿的同学。正在此时，门响了，母亲迫不及待去开门，劈头一阵责骂：“你死哪里去了？害得我们差一点没去报案……”女儿试图解释，但母亲此刻哪里肯倾听女儿解释，劈脸又是一个巴掌，打得女儿捂着脸跑进自己的房间去嘤嘤哭泣了。

我这个朋友对女儿的关心显而易见，但正是因为“关心则乱”，她甚至不愿听孩子的一句解释，只想着发泄自己心里的愤怒，却没在意孩子心里有没有委屈。可以说，在这件事情上，她完全没有给女儿沟通的机会，这就导致后来女儿越来越叛逆，什么都不愿跟她说。

有效的沟通是双方面的，是心与心真诚的沟通，也是情感的交流。父母需要学会换位思考，站在孩子的角度想问题，与其交流沟通。父母也要注意改变自己传统的角色定位，不要处处站在家长威严的角度与孩子沟通。要做孩子的知心朋友，蹲下来跟孩子说话。只有在和谐、融洽和平等的沟通氛围中，父母与孩子之间才能进行最有效的交流。

当然，要做到这一点，之前必须付出很多的努力。

父母多花些时间、多花些精力为孩子创造一种家庭沟通的轻松氛围，比如每天或每周规定与孩子交谈的时间，或在晚饭或是周末，确定一段属于你和孩子的亲密时光，然后不管你有多忙，都不要忽视这段亲子沟通的亲密时光，让孩子知道你对他的重视。在与孩子沟通时，注意寻找孩子感兴趣的话题，认真聆听孩子内心深处的声音。

很多父母感兴趣的话题就是学习和成绩，孩子刚进家门，水都还没喝一口，父母就问："今天考试感觉怎样？""今天上课的内容你都懂了吗？""今天老师布置了什么作业？"……久而久之，孩子肯定会反感，认为父母对成绩的关心远远大于对自己的关心。

如果孩子喜欢车，家长可以多和孩子聊自己喜欢的车，最近有什么新车、赛车之类的。一旦挑起孩子的兴趣，他就会产生说话的欲望，在聊天的过程中会流露真实的情感，掺杂自己的思想和观点，有心的父母从孩子的言谈话语中便可掌握孩子近期的心理状态。

哪怕父母对孩子谈话的内容不感兴趣，也要认真听，让孩子感到自己受到了尊重。只有这样，孩子才愿意与父母沟通。

再分享一个经验，我和孩子们沟通时，会告诉他们我小时候也遇

到过类似的情况，比如伤心时怎么办，吃亏时怎么办，失落时怎么办等等，或者现在遇到了难题又是怎样处理的，这些都可以用通俗易懂的话和孩子分享。当孩子们知道我也是面对压力和烦恼一路走过来的时候，他们对我说的话就比较容易听得进去。我告诉孩子们自己是怎样应付压力的，无疑也增强了孩子克服压力的勇气和信心。

当孩子们知道你和他站在同一战线的时候，你就走进了孩子们的心里，他就更愿意把心里的话告诉你，那你们之间的沟通就会越来与顺畅。

具体怎么做，以下的几条是我在书上看到的“和孩子沟通的通用法则”，希望可以帮到更多父母。

少用法则 ——与孩子沟通时出现得越少，沟通效果越好。

× 一边跟孩子说话，一边做其他事情。

× 经常教导孩子，但并不理会孩子是否会接受。

× 经常一副生气的表情，让孩子无所适从。

× 恐吓孩子，讥讽、嘲笑孩子。

× 跟孩子翻旧账，抱怨孩子。

× 总是看到孩子的缺点。

× 自己犯错时不向孩子认错。

× 用你的心理去猜测孩子的想法。

× 横向比较，一无是处。

× 事情左右了心情。

多用法则 ——与孩子沟通时运用得越多，沟通效果越好。

√ 跟孩子谈话，一定要专一，让孩子感受到很受重视。

√ 跟孩子说话时请你蹲下来，用他眼睛高度来看这个世界。

√ 和孩子沟通时面带微笑，孩子回报你的也将是微笑。

√“言行”一致。

如果你还处于不知怎么和孩子沟通或者和孩子的沟通遇阻的状态，不妨把这几条法则记下来，提醒自己。

金玉良言是父母最好的礼物

听到身边很多朋友抱怨，说花了多少钱给儿子买房子办婚礼，结果儿子结婚以后只听媳妇的，不管父母了。**其实，父母送给孩子最好的礼物不是房子，不是盛大的婚礼，不是首饰，不是金钱，而是父母的金玉良言。我的孩子们每次进入人生的一个新阶段，比如考上大学、工作、结婚，我都没有送他们名贵的礼物，而是给他们一些告诫、一些忠告，这些是我的人生经验的总结，我相信给他们这些比直接给他们钱给他们买好房子更有利于他们的人生发展。**

我的两个儿子结婚了，我都没有给什么值钱的礼物，也没有举行什么排场盛大的婚礼。我只是把夫妻两个叫到身边，说了一通发自肺腑的话：

今天非常高兴，我多了一个女儿。我相信你的家人也会非常高兴在你们家多了一个儿子。在这个最美好的时刻，我希望你们接受我的祝福。儿子，我想要告诉你的是，在今天之前，你是一个人，可以自己决定做什么事，甚至只凭你的喜好，但是今天之后，你的身份起了变化，因为有一个美丽的女孩为你卸掉了天使的翅膀，她已经不可能飞回她原来的天堂，那么这份信任也就是你日后的担当。妈妈要送给你们两个人一人一个字。媳妇，我送给你的是一个“敬”字，你得记住，男人是需要敬的，男人最看重的就是面子，你得尊敬他。他虽然不是明星，但是你得把他当作一颗星来仰视他。

然后我又跟我儿子说：

儿子，你知道吗，男人需要懂一个字，就是“宠”字，女人娶来是需要宠的。你得疼爱她，相信这份疼爱会给你带来很多意想不到的幸福。生活是江河，婚姻是舢板，没有舵手，只有你们俩齐心协力、同舟共济才能够一起手拉着手，看看舢板在行进当中的美丽风光。也相信，因为握手的力量，会让你们抵御惊涛骇浪。我相信，生活不是露营，不是野餐，肯定会有或大或小的很多磨难，再美、再晴朗的天空也会刮风下雨下冰雹，但是我相信有“敬”字和“宠”字相随，冰雹和雨点打到婚姻的长河中，它都会变成蜜。请感恩你们的父母给你们生命，请感恩社会给你们温暖，请感恩民族给你们灵魂，请感恩国家给你们力量，请感恩师友给你们智慧。珍惜每一个阳光明媚的早晨，珍惜每一天。

两个儿子结婚我都没有给他们筹办婚礼，就是简单地结婚登记，吃一顿饭，送他们一段祝福，然后他们就进入了婚姻生活。当然其中也会有吵吵闹闹，但是之前我都已经给他们铺垫过了，我想，再没有比这么简洁的字眼更能让孩子们明白家庭和谐的艺术的了。

现在很多父母为了孩子结婚倾囊而出买房子，花钱帮孩子举办盛大的婚礼，在孩子结婚后还要为儿子夫妇当“保姆”照顾他们的生活起居，在孙辈出生后又担负起照顾孙辈的重担。这就是我们所说的“孩奴”，父母一生都在为子女打拼，为子女忙碌，为子女挣钱，为了孩子付出了一切，却失去了体现自我价值的生活状态。而也正是这种父母，容易破坏孩子的家庭幸福，因为自己对孩子的无私付出，自然而然地把孩子视为自己的私有品，于是媳妇变成了和自己抢儿子的人。我就跟我的朋友们说：“孩子迟早要有自己的人生，你不能把他拴在你的身边。你花钱为他买房那是你自己的问题，你的孩子有手有脚，能够自己赚钱，你为什么要帮他买房子呢？你这样做不是剥夺了他奋斗的动力吗？你的孩子已经成人了，你还要为他做多少才算够？你都帮他做好了，他还要努力工作做什么？至于你说的孩子结婚后就不回家看你们了，那是因为你们对他管得太多，你忘记你的孩子已经是成年人了，有自己的生活自己的思想。”

我一直在提醒我们的父母，不要做“直升机父母”。中国是“直升机父母”的超级大国，在独生子女政策下，孩子是父母的小王子、小公主，父母从孩子出生开始就毅然担当起儿女的终生保姆和人生规划师：幼儿园受欺负父母要找老师兴师问罪；小学组织打扫卫生父母会跑来帮忙擦玻璃；孩子稍微大一点了也总不放心，担心早恋，害怕学坏；上了大学也要全家总动员，背着行李和孩子一起去学校报到；孩子毕业找工作应聘面试的时候父母还是要陪着；工作后帮孩子买好房子，给孩子张罗婚事，替孩子带孩子。

父母帮孩子把一切都做好了，孩子就不需要奋斗了，也不会有责任感。我并不是说父母不要帮孩子，但是要帮得有艺术。**我们要做孩**

子的“秘密战士父母”，不要时刻盘旋在孩子头顶上，但在关键时刻我们还是要出现。我们要在孩子走入人生每一段新旅程的时候给予适当的建议和告诫，在孩子遇到不顺心的事情时给予安慰和帮助。

生活没有一帆风顺，总会有一些微不足道的事情在我们身边发生，父母的态度很重要。像我们家，尽管在儿子结婚时我已经跟他们说了一些夫妻相处之道，但儿子和媳妇也会吵架，只是第一时间我不要听他们彼此指责，我只是让他们回忆儿时的时光。每个人都跟我讲自己小时候发生的一些事情，我想借由这样的方式让他们更了解彼此。

现在的社会，结婚不深思熟虑，离婚也不深思熟虑，因为结婚和离婚的成本压力都不在孩子们身上，所以他们对结婚和离婚也抱着不负责任的态度。这个时候父母的态度必须明确。

比如以华和辉辉他们只结过一次婚，我不会让他们离婚。我对子女的教育是比较喜欢倾向感情，尊重感情的同时要经常想到对方的优点，哪怕对方只有一个优点，也把它无限量放大。而不要老是计较对方的一个缺点，然后无限量放大，把家庭成员都卷进来。我的儿子来告状没有一次是满意而归的。我首先会跟他讲，当你选择这段婚姻的时候，你有没有想深想好想透？如果没有，生下孩子后，应该重想一遍。现在孩子大了，你又觉得有矛盾了，那么你再想一遍。我绝对不容许结完婚以后轻易离婚，这方面我还是要干预的，让他们不要走到婚姻的尽头。很多人因为要选某个吉利的日子，比如8月8日或10月10日，就快去结婚，我说这是一种不负责任的态度，因为婚姻不以日子来计算。现在一窝蜂地选日子结婚，我觉得真的很无聊。我们可以选某个有纪念意义的日子，如父母的生日或者某个纪念日结婚，而不是随大流凑吉利日子。

婚姻的经营，家长有着不可推卸的责任。这个世上什么东西都是大家聚在一起最好，唯有婚姻，是以和父母分离为前提。你跟我分开了，你才是一个真正独立的家庭。出于这点盼望孩子早点结婚，早点走出去，但是矛盾又来了，结婚以后，做家长的还是想能经常看到孩子。

因此在这个时候我想说，把握好进和退的智慧以及真诚与果断，你一定可以平步天下，因为**爱可以催生母亲身上的智慧。而这种智慧又能反过来将子女培养得更加卓越和自信。不管是天才也好，有才华也好，全都是母爱用智慧浇灌出来的。**你想一想，妈妈有一双翅膀，有这双翅膀，妈妈可以保护自己的孩子，妈妈自己也可以飞翔。

我们做一个实验，你抓一把米使劲地一抓一放，这把米可能会所剩无几，但是你如果小心翼翼地捧着这把米，你会发现手心有一个窝，这个米永远在手心窝里。不管风有多大浪有多大，如果你一直这样捧在手心里，这把米也不会撒出来。对于已经结婚的子女来讲，真的不要干预他们的婚后生活，你可以在他们矛盾爆发的时候给他们一些告诫，平时多多呵护，这样你会看到你的孩子自己也能好好经营自己的婚姻、生活，悉心教育子女，孝顺父母。

我用我的生活经验告诉你：生活需要经营。生活的范畴很大，什么都需要经营，需要付出，需要智慧。对孩子的爱也一样，需要经营，需要智慧。

还在抱怨孩子怎么不上进怎么不孝顺的父母们，你们有没有反思自己的教育？孩子成为什么样的孩子，好或者不好，都是你平时教育的结果。孩子不好不是你爱得不够多，而是你爱得不对。

很多父母帮孩子做好了一切，却忘了最重要的——没有教会孩子怎么去做事、怎样去生活。中国有句古话叫作“授人以鱼，不如授人以渔”，孩子的路需要自己走，父母要做的是给予他一些忠告和建议，以及在孩子摔倒时扶一把，指点迷津，让他能够爬起来继续前进。

犹太人的孩子非常懂事，不会因为要买一样东西跟父母吵架，结婚也是靠自己的力量去买房子，父母也不会说我来给你买房子。

我没有给过孩子们昂贵的礼物，没有帮他们找工作，没有给他们买房子，没有帮他们带孩子，但是我的两个儿子都事业有成、家庭幸福，这是因为我一直注重培养他们的生活能力，我教给他们方法，也在他们面对新环境、步入新阶段以及遇到困难的时候给他们适当的建议。我不需要给他们物质的东西，这些他们会自己赚取，甚至还能送我昂贵的礼物。我给他们的是精神的支持，是我的人生经验的总结，这比所有物质上的东西都珍贵！

附　录

父母要有两颗心

徐立新

四十二岁时，她带着两个儿子和一个女儿，离开上海，去了以色列，开始在那里艰难谋生。为了养家糊口，她想到做中国的传统美食春卷，然后卖给当地人吃，每个春卷能赚七毛钱。

然而，和面、包皮、煎炸，然后站在寒风凛冽的街头兜售，一切都是第一次，对她来说都是挑战。她跟三个孩子说，现在我们的处境很糟糕，你们看怎么办才有可能走出这个困境？三个孩子，虽然其中最大的也才十二岁，但却因为母亲的信任和求助，没有游离于困境之外，而是积极与母亲同舟共济，一同参与到卖春卷的生意中，用稚嫩的小手帮着妈妈的大手迎战生活。

晚上，当菜市场的摊主都打算收摊时，三个孩子便开始一个摊位一个摊位去收购摊主卖剩下的菜，因为价格可以便宜很多。然后，他们将收购来的剩菜，一筐筐地朝家里提。因为力气小，三个人只好采取“游击战”，先合力提过去一筐，放下，再回去提另一筐。他们对妈妈说：“妈妈，这样成本会低一点。”

后来，大儿子发现中国的许多生活用品和民族特色产品在以色列很受欢迎，于是便通过快递的方式，从中国进货，然后卖给以色列人，赚取中间的差价。

为了让孩子们从小树立自立自强的品格，她从没有向邻居借过一滴油、一勺盐、一粒米和一颗糖，家里的东西用完了，一家人没吃的，就饿一餐。

等两个儿子都服完兵役后，她把三个孩子叫到跟前，说，现在你们要承诺在几年后每人送一样东西给我，而且是能放在我手上的。孩子们都很聪明，知道母亲的言外之意。大儿子说，我会放一把轿车钥匙；二儿子说，我会放一把房子钥匙；小女儿说，我还赚不了大钱，我会放一把首饰盒的钥匙。

为了兑现对母亲的承诺，几个孩子开始拼命地努力。几年后，孩子们都实现了当时的诺言，送给母亲一把钥匙。

现在，她的两个儿子都已经是千万富豪，然而更让她高兴的是，孩子们都很节俭。为了不费袜子，大儿子在卫生间里贴了一张纸条：不要忘记定时剪指甲。每次出门前，二儿子都要自己带上一瓶水，然后对她说，妈妈，帮我做一块三明治吧。一个千万富豪，却从来不在外面吃饭。做母亲的她感到无比欣慰。

她，就是犹太后裔沙拉女士，一个有着犹太血统的中国妈妈！20 世纪三四十年代，为躲避德国纳粹的残害，沙拉的父亲来到中国上海，之后生下了她。1992 年中国和以色列正式建交，也就在这一年，四十二岁的沙拉去了以色列，作为第一个从中国去以色列的犹太移民，她的自立自强，被看成是中国女性的典范，以色列的各大报纸、电视台都争相报道。

当她重回中国时，许多媒体则对她的教子方式产生了浓厚的兴趣，都想问一问其中的秘诀，而她的回答却是，没有秘诀，因为我懂得在孩子面前示弱和索要！父母必须要有两颗心！沙拉说，中国父母给予孩子的爱，不是太少了，而是太多了，不忍心让他们从小体验生活的艰难，也不懂得在适当时机向他们索要，因此最终导致子女们一辈子艰难，一辈子朝他们索要！

（原载于《羊城晚报》）

风雨同舟

——艺术家赵檣眼中的沙拉

艺　漾

每个人都有他特别的记忆，一件事，一个人，一座城。而上海滩，更是被赋予了多重的想象和追寻空间。

如果说经典名著《红楼梦》有一百位读者，那它就有着一百种不同的解读方式：有人回想起了1949年5月上海的早晨，黎明前的黑暗即将过去，新的世界就要来临……有人回想起了1943年2月的一个傍晚，石库门前，美丽和善的上海阿姨正为一个迷路的外国小女孩撑起了挡雨遮风的雨伞。

这个外国小女孩名叫沙拉。20世纪30年代末，纳粹的铁蹄踏碎了犹太人的美梦，沙拉的父亲不得不逃离欧洲的家园，颠沛流离来到一座陌生的城市——中国上海。

这些记忆的碎片不断交错与沉浮，引起了一位艺术家——赵檣的关注和深深思索。思绪引领着他穿越时空的阻隔不断前行。创作的热情在他心中激荡、沸腾。

赵樯，中国著名的钱币设计师。代表作品有中国熊猫金币、奥运会纪念币和世博会纪念币，现正积极探索文化创意领域。

以学贯中西、博古通今为追求的他，很早就从媒体中被沙拉不平凡的人生经历所感染，启发着他以艺术的形式去记录历史，表现人间真情，以此展望未来，希冀和平。

于是我们看到了这样一件件充满人性温暖和关怀的作品：

一个风雨交加的傍晚，沙拉迷路了，抱着她心爱的熊猫玩具，淋着雨，在一排排石库门前寻找自己的家。忽然间，头上的雨停了，原来是一位美丽善良的中国阿姨为她打伞遮蔽住这暂时的风雨。

伞意味着保护，这是东西方皆知的象征符号。而熊猫不仅是中国特有的国宝，孩子们的最爱，更是赵樯青睐的创作主题。如今，熊猫作为和平友好的使者散布在世界各地，他设计的熊猫币也进入了千家万户。赵樯期望：以此为载体，传递返璞归真和友爱和平的正能量。

对于赵樯创意设计的雕塑和贵金属作品，沙拉如是说：

“这片土地上住过成千上万个犹太人，我和我的父亲便是其中的两个。感谢中国，在天塌下来时给我们撑起一把伞，那是把生命之伞，挡住了风和雨，保住了血和脉，使我们度过了最艰难的岁月。

“难忘中国情、上海义，感谢制造者，感谢设计师，感谢这片土地上所有帮助过我们的人。”

上海的外滩，人来人往，百舸争流，黄浦江水流动着从不曾停歇。或许不久的将来，这里将矗立起一件纪念世界反法西斯胜利，见证不同民族间患难真情，表达大爱无疆的雕塑作品《伞·记忆·生命》……

这座国际化大都市历经动荡与繁华，在沧海横流和风云变幻中保持着她

雕塑作品《伞·记忆·生命》

特有的魅力和温暖。那是人与人心灵交谈间、辉映中始终拥有的气度、高度和温度……

大善如斯，海纳百川，上海曾经艰难而不坠地承载着历史；今天，她正肩负着伟大的中国梦想，风雨无阻地追求着更为光明的未来！世界需要我们彼此的扶持和维护，人类的尊严才能得以真切地增进。

原本冰冷的金属，因为上海，因为记忆，而温暖着……

此照片摄于上海犹太纪念馆